金海楼诗词曲集

JINHAILOU SHI CI QU JI

郑志文　著

天津出版传媒集团

百花文艺出版社

图书在版编目（ＣＩＰ）数据

　　金海楼诗词曲集 / 郑志文著． -- 天津 ： 百花文艺
出版社， 2022.7
　　ISBN 978-7-5306-8245-6

　　Ⅰ．①金… Ⅱ．①郑… Ⅲ．①诗词－作品集－中国－
当代②散曲－作品集－中国－当代 Ⅳ．① I227

　　中国版本图书馆 CIP 数据核字 (2022) 第 003449 号

_____

金海楼诗词曲集
JINHAILOU SHI CI QU JI
郑志文 著

出 版 人：薛印胜
责任编辑：李　信
出版发行：百花文艺出版社
地址：天津市和平区西康路 35 号 邮编：300051
电话传真：+86-22-23332651（发行部）
　　　　　+86-22-23332656（总编室）
　　　　　+86-22-23332478（邮购部）
网址：http://www.baihuawenyi.com
印刷：山东临沂新华印刷物流集团有限责任公司
开本：880×1230 毫米 1/32
字数：104 千字
印张：8.125
版次：2022 年 7 月第 1 版
印次：2022 年 7 月第 1 次印刷
定价：68.00 元

如有印装质量问题，请与山东临沂新华印刷物流集团有限责任
公司联系调换
地址：山东省临沂市高新技术产业开发区新华路 1 号
电话：（0539）2925886 邮编：276017
版权所有 侵权必究

自 序

　　余本初中毕业，后考入中专。于 1966 年偶得《辞源》《唐宋词一百首》《四书五经白话句解》等书籍。爱不释手，藏于舍。每偷读，陶醉于"平林漠漠烟如织，寒山一带伤心碧""日出江花红胜火，春来江水绿如蓝""过尽千帆皆不是，斜辉脉脉水悠悠""问君能有几多愁？恰似一江春水向东流""大江东去，浪淘尽，千古风　流人物""莫道不消魂，帘卷西风，人比黄花瘦""红酥手，黄滕酒，满城春色宫墙柳"……千古名句，时读时背，不觉百首烂熟于心。

　　然而，毕业分配后，奔忙于工作，诗词学习逐渐放松，加之当年此类书籍甚少，长达十几年未涉猎其中。直至二十世纪九十年代，鹤朋雁友交游始增，跋山涉水领略自然风光时频，怀念故人，离别相思之情感笃深。随复萌了风致高、气味醇的诗词之学，开始尝试写一些绝句、小令。

　　单纯爱好终归天真，即无师、无书、无门、无派、无谱、无律。仅凭无知无畏，冒胆写了几十首，自以为诗、词者，沾沾自喜，炫耀朋友间，所得贻笑大方。

六十三岁退休，离开为之奋斗四十二年的岗位。在一次云南旅行中，结识孟繁荣先生。他见我翻看诗词小册，主动与我交谈，问："汝爱古诗词？除唐诗宋词外，读过哪些相关书籍？历代诗话、词话、诗词格律、词谱、词律等名篇是否常读？"答："一概未读过，惭愧。"于是，孟先生言："回津后送你《苕溪渔隐丛话》读一读，另外，学诗词必须懂格律、遵词谱、严韵部、熟典故，穷炼辞、炼句、炼意。多读古人名作。慢慢来，莫急燥，致学无十年寒窗苦，往往无成。"一席话点醒梦中人。

自此，数年来，吾以书为伴，不舍昼夜，柜中不断增添古典文学与诗词类书籍，供翻阅。边读边作笔记。终于在六十五岁那年，写了一首曲"仙吕"一半儿，赢得孟先生赞誉："老郑有进步。"

梁启超先生曾说："如果有人问我为什么作学问，我只回答他是，你把我梁任公解剖到最小单位——细胞，只有一种东西——兴趣。"兴趣是动力，可催发韧劲，使人执着并一往无前。

七年来，我采取边学、边写、边请教、边改的方式，写出六百五十余首诗词曲。从无知无畏到知难而进，再到循序渐进有所提高。如孟先生所言："有脱胎换骨之变"。原想二三年后可作千余首。不料身患绝症，恐不久于人世，但悲不见骚业成。

张伯驹先生曾言："人生如梦，大地皆春，人人皆在梦中，皆在游中，以是为词，随自然而已。"古典诗词乃中华民族不可泯灭的瑰宝，相信，即使千年后仍会被人们热爱、继承与弘扬。

余不想把多年为诗为词之心血赴之东流，活一日，学一日，写一日，让内心深处的悲与喜融于诗词中。把执着精神留给后辈及读者。

古典诗词之序，以文言为当行本色，余不才，文言无根基，唯有白话序之，请谅！

2021 年元月郑志文于津

目 录

诗·卷一

洪升首登致远塔

一塔巍峨上碧穹，香兰稚子耸清风。
摇肩错阶轻如燕，展袂凌云健似鸿。
柳黛荷盈亭榭畔，莺黄雀褐莲湖东。
殷勤瑞彩催新雨，滴润禾苗郁郁葱。

庚午年五月初九（公历6月1日）。

君子兰开花

临窗添靓影，暖室逾寒冬。
并剑芳姿倩，出莛婉笑容。
灯前红唤友，案上碧呼蓉。
品茗搜新句，诗仙月下逢。

癸酉年二月初一。

避暑山庄

山庄避暑氤芳润，海晏河清绕晓筼。
万壑松风摇竹影，千山胜地唤人文。
芙蓉映日亭亭立，紫禁温泉隐隐薰。
先谒金山源蜜意，锤封落照拂平云。

甲戌年六月初三，同晏福琴、万凤琴、杜双胜、田立国、
张永先、刘源、封文革八人游承德避暑山庄，作嵌名诗。

游避暑山庄遇险情

乱石横路水漫延，急遽烦情令众嗟。
燕塞盘旋足烫苦，古北迂回日偏斜。
云行殿宇十亭榭，险落锤峰万仞垭。
燕雁眸灼垂一顾，密云净水洗尘沙。

甲戌年六月。

游野三坡

细雨秋山碧，车行柳黛濛。
烟开苗寨鼓，雾散旆旌彤。
袂锦燃峡谷，莺喉绾碧空。
阿哥阿妹意，比翼白云中。

甲戌年七月中。

建校同学聚会塘沽联谊会

沽上言诗余太窘，苦吟枕上蜡长明。
华南子弟多才俊，巴蜀苏门尽佩生。
玉须琢就终成器，曲赋传维始欲精。
脉脉崔郎思粉面，潇潇李白念潭情。

甲戌年八月。

慰宋迎春亡夫之恨

冰襟玉骨迎春恨，腊尽寒威未始销。
碎雪声声敲耳乱，残灯闪闪泣心焦。
人生自是浇愁怨，底事相宜晒紫绢。
酹尽津河千斛酒，怀肠普度一天娇。

乙亥年正月。

大张庄垂钓

鸡鸣野径透霜香，远处孤烟绕草房。
独钓塘塍鱼入篓，芦花落地满斜阳。

乙亥年十月。

南洋酒楼廿位老同事
邀邹文正共度平安夜

鸿轩阔别忆难忘，飨宴遗情盏自空。
长恨时光悲白发，可怜岁月怅衰容。
通神夜渡南洋客，扶老同尝华夏菘。
意气尤存言诺重，结交淡若水相融。

丁丑年冬月。

读卓文君赋与司马相如诗感而成

一枝艳骨入薛笺，两处闲愁瘦影前。
有幸三生簪横玉，无关四季萼涂娟。
木兰五战寒冰雪，金析六击马背眠。
七友迷离瑶台镜，八辞可汗玉殿员。
山光九转抱贞贤，节苦十分性弥坚。
好子百竿齐扫月，良朋千友聚擎天。
浮金万缕秋风舞，点玉亿丝晚月旋。
剪碎万层零落蕊，婆娑千树趣蒐牵。
凌波百卉瓣摇妍，出浴杨妃十里烟。
映日清香织九味，临风翠盖熨八仙。
竹林七子呼红酒，六艺杏坛就诗篇。
角羽五音协曲律，四声腔调辩繁弦。
岁寒三友镇君子，荷菊二魁玉骨仙。
吾辈合当执笔砚，更应一展老霞颠。

甲戌年冬月。

（诗中喻指：梅兰竹菊荷诗友）

咏月季

瘦客多情逗杏桃，津园似锦涌春潮。
四时不绝般般媚，数月频开朵朵姣。
不爱苇绡随水去，始嫌柳絮任风飘。
霜寒百态羞昙卉，暑热千姿尽立标。

癸巳年十月。

乙未除夕咏鸡

一任云间风雨骤，文仁武勇信德珍。
明晨我不先开口，谁醒贪浮梦里人。

乡村生活

（一）

仲夏农家院院幽，运河一曲抱村流。
棚开棚闭闲人少，满载园西菽果收。

（二）

细雨濛濛犬吠声，天生外女唯读耕。
疏篱曲径田塍绕，稚子牵衣问犊棚。

和老同学杨宝英

少年别后意茫茫，至老相逢亦断肠。
仅仅杯盘供笑语，水流无限话斜阳。

丙申年九月。

忆四同学

仙子凌波案头斜，不随千种独芳华。
着风带雨香如故，不信桃容胜菊花。

丙申年九月，咏洋洋洒洒之杨宝英，含蓄淡定之
卢春菊，小巧恬静之王茂兰，坚毅倔强之张忠生。

昙花

侧耳秋风落叶顽，临窗对饮明月闲。
人生百岁标新几，更似君颜一瞬间。

丁酉年八月，看望凤琴、久柱，观其家育昙花感
成此。

诗·卷二

南渡北归

太白归来碧屿涯，苍山亘野景洪花。
棹歌竹筏蛮苗主，沟寨青藤可作家。

四川行

（一）岷江源

堰湖一苇少人知，蜀栈川云转迷离。
天籁羌笛催吾醒，凝幡瑞雪岷源祁。

（二）九寨沟

紫桦拂衣赋藏歌，岚云翠露润羌娥。
猫熊箭竹余空影，七彩瑶池浣子裙。

（三）峨眉山

峨眉宝顶拜普贤，彻夜禅灯苦度魂。
萁豆相煎终有泪，仁心向善自风惇。

（四）乘车离蜀

东川咏水西川雪，道鼓僧钟月寂明。
一别蓉城归故里，最关诗思与离情。

壬辰年三月。

绝句三首

（一）青海遇骑行者

日月无情裂淑媛，红巾绕海扯经幡。
穿云碍路飞轮主，一采族民土风悖。

（二）林芝鲁朗

雅谷虹出白日斜，青山半落杜鹃花。
人生随处置书案，鲁朗江村可做家。

（三）纳木错

白浪洪波涌合鸣，天湖俯拜圣洁莹。
陪星伴月江河去，心贮如莲雪域情。

癸巳年五月。

竹

春风润雨拔新节，万竿亭亭万杆旗。
十载追寻清瘦骨，浑涵淑雅弃俗眉。

己丑年，新天安十年。

三珠映辉，辛卯年云南游

昆明

一醉春城十里红，大观涌月妙联工。
湖光尽日含青草，水色终朝映昊穹。

丽江古城

古城撩目鬻丝茶，眺耸酒旗老目花。
漱玉穿桥裙柳碧，方街漫舞客忘家。

大理古城

风翻洱海涌岚烟，花落上关夜未眠。
雪俏苍山银阙岭，月光漪皱碧池田。

石林

剑刺兰云怪异峰，如莲玉立碧芙蓉。
鹰瞰象跪千岩秀，虎跃鱼弹七径壅。
仰石飘乎龙马迹，冲天若也鬼神恭。
惘然佐禹五丁在，叹止奇工亦敛容。

西双版纳傣家风情

象驮碧玉彩缠身，圣水澜江废旅尘。
烟寺菩提悬硕果，竹楼锦瑟款游人。
髻鬟女纳风俗古，木寨男从配耦亲。
绿酒笙箫酣雀舞，罗衣锦致意清纯。

香格里拉

敖包堆外绕三些，远胜穷幽望眼赊。
瑞雪凝思松林寺，洪钟震响碧天涯。
康巴不倦纤宽袖，素客尤工奏塞茄。
绿酒膻醒珍沁胃，宴馀犹颤满头麻。

张家界

武陵翠影带云烟，十里画廊入梦旋。
嬴政神鞭挥石裂，天仙宝箧散花妍。
黄岩寨浅向家贤，白虎情深族氏缘。
幼子离亲劳筋骨，女儿哭嫁抱母肩。

竹

欲将秋竹竿，比君孤且直。
凌寒无惧容，可喻有贤德。
至友赏高洁，嘉朋闻趣默。
思君不见君，见竹长相忆。
鉴鉴医余俗，铮铮骨毅力。
秋竹共蝉鸣，壑松同太息。
独对寒窗前，两相合月色。

丁酉年初冬，送大钧兄。步香山韵。
昔我丙辰年，与君始相识。

口占

忍入稀龄册，光阴过驹隙。
余生莫过诗，谢幕犹闲客。

丁酉年十一月十四。

燕怨

携儿寻旧主，陋榭垒巢焦。
一嘴芹泥印，浑著杏雨飘。
啾啾闻快语，振振洒英娇。
坐享飞横祸，呆听盗甚嚣。
谁能羞霸道，随使泪沾绡。
恻怆桑榆恨，螟蛉莞尔遥。

不知道谁拆了燕窝，苦无家可归，悲
哉！恨哉。

诗 · 卷三

和万凤琴自嘲

独念龙泉寺径幽，灵渠枕石自空流。
琴弦善解千山梦，鹤腑何止一片愁。

己丑年冬月。

公司院内十棵白杨

金风素节催凉雨，碧瘦苍拔镇栋梁。
一树参天高几许，差池俯视女儿墙。

己丑年八月。

蓟县宾馆俯瞰翠屏湖，忆引滦工程有感

蜷曲虬龙入海滨，扶儿盼水胜黄金。
千岩谷壑摧涵洞，百里渠通沁子心。

己丑年腊月。

忆千山王尔烈斋

千山竹院隐琴声，柳絮无情自不鸣。
墨韵陈吟笺纸上，伯弦期切寸心听。

己丑年正月，步东坡韵。

泰山挑夫

旅客攀援口散烟，阶梯横足手拘牵。
挑夫一担挪轻步，绝壁冲天汗湿肩。
吾友垂询重几许，微嘘稳步倚崖沿。
君知否？饮弥艰，
高堂卧榻，稚子灯悬。
辛酸不怨多关隘，险峻无情未乞怜。
惆怅山林闻鸟泣，皮袍裹小钦哑然。
先忧后乐千年意，饮恨稀文叹九天。

辛巳年五月，同武彪、吴宪登泰山。

同宋庞刘张董赵六妪聚华轩会

迎春圆梦聚华轩，雾鬓杯盘话淑贤。
雪敛浮尘添惬意，情深玉屑绾怡然。

辛卯年正月。

忆千山行

禅心如意解芳颜，松院经楼倚碧山。
僧引龙泉菩提水，蹄莲沐浴竹林间。

庚寅年。

相守

豆蔻相知劫世春，卅年冷暖自常珍。
同心若此心无憾，陋室残羹笑语人。

庚寅年腊月。

贺天安诗社成立

四十年前二十三，诗书整夜未成眠。
推敲枕上甄格律，鬻断腹穷润语圆。
雪映庚寅涉百家，灯含子丑涌千篇。
挥毫纸上抒文采，始觉前贤畏后贤。

庚寅年腊月。

咏荷

步繁荣兄韵。

蒂妆照水翠云殊，淡雅临廊入画图。
风摆红幢遮晚叶，波扶碧茎裂银湖。
洁姿未伴群芳卉，心素原随数节孤。
玉立亭亭皆上品，田悬点点胜明珠。

和旅友王闻其诗

道韫春风柳絮才，觉知识浅自悲哀。
婵娟一点惊人句，胜过千山万卷开。

壬辰年正月。

元宵

元宵灯下坐，举目窥月行。
耳畔穿笙笛，中怀洗浊营。
窗前悬兔影，屋外挂灯明。
不为缺时恼，心安陋室清。

壬辰年正月。

长白山

步吴小萍韵。

太白雪岭高，浩浩海云涛。
茂松清泉隐，丹崖翠柏豪。
闲观弦月起，自觉绪风骚。
令宇无穷阔，九重凭鹤翔。

壬辰年正月。

水仙

四九翠带枝，凌波伫莛姿。
冻云白凤落，剪雪玉盘持。
素润临寒处，高洁共此时。
瑶簪君独有，贵贱不推辞。

壬辰年正月。

国维去来兮

安宿孤愁久，腾身裂朽笼。
寒归落檐处，暖去觅食中。
游子思闲洗，愚人梦始空。
南山留不住，羁鸟旧巢融。

壬辰年。

八友

镜净无双伟至哉，琼楼玉宇独徘徊。
梨花有意江山雪，谢絮非尘垄野偎。
耿耿虬枝珠雨壮，纤纤少女碧叶裁。
梅兰竹菊思三友，骥志凌云馨一杯。

壬辰年秋。

养生

手盘核桃。

掌心悬日月，经脉血通衢。
意念失旁骛，骨节转户枢。
心神无倦态，进取弥勤娱。
一艺终难老，余怀缓缓愚。

中秋

桂子经年索淡然，饥餐渴饮倦则眠。
肩湿蜀雨天山雪，策杖绸缪共月旋。

壬辰年中秋。

和繁荣兄游敦煌莫高窟

千载绵延历境迁，佛坛史变画僧虔。
天竺护法莲花座，乐伎飞仙魔怪缠。
塑绘风情寻供养，龛雕气韵释梵缘。
遗书掠去终含恨，道士留银阙乃全。

丁酉年纪。

退休

归休策杖山巅伫，渔钓塍坡水面开，
吾苦吟哦君嗜酒，三千六百句与杯。

戊戌年，与久柱兄退休十过春矣。

与老赵探望久柱、老万

煦日临窗满酒杯，小台鸟语莉花开。
钓丝频动归邻女。领娶尔今瘦鹤陪。

戊戌年二月末。

窗前看海棠

清景滥竽咏牖前，浓粉白发共云烟。
有情红瘦含春泪，甘使绿肥唤燕迁。

戊戌年仲春。

记梦

月移枝影若教鞭，直指维鸾秀淑贤。
尽日三言明一理，经年七略悟千篇。

戊戌年三月十八，梦中得句"月移枝影若教鞭"
晨起补七言一首。

人之天性三十绝

（一）如竹

立根数载盘岩隙，白笋出头虚子心。
冉冉凌云拔节响，修修挺秀凑蝉音。

（二）欲无止

浮生怨恨铜山小，稀酒卑职槐梦游。
张口疏肠吞世界，腰缠骑鹤下扬州。

（三）讥讽

吹皱春池干汝事？笙寒尽彻莫须忘。
东方常侍俳优客，红杏尚书弄影郎。

（四）虚荣

一娥故作捧心颦，学步邯郸失本人。
掠美实属汤浇雪，沽名虚掩铁包银。

（五）爱子

孟母三迁终器子，黄牵犊仔牧青源。
炎风冻骨筹相顾，最苦天涯泪眼浑。

（六）同情

冷雨敲窗漏室央，衾湿无计铁粘凉。
病身抵赖青筠客，悲怆唏嘘夜觉长。

（七）相爱

汀沙日暖菲青草，交颈鸳鸯傍碧莲。
相偶和鸣惊棹恼，于飞振翅并花妍。

（八）疾恶

奸雄囊亿衔衣仔，孔绿丹红铁甲精。
民脂民膏埋粪土，铜铡政典踊哭声。

（九）富贵（牡丹）

洛阳富贵惜春悭，香倾龙门雪佛颜。
不解少林书贝叶，只和白马绕城环。

（十）劝勉

碧海云峰寻曲径，肩囊负笈觅师坛。
合当不废凌空志，莫使蹉跎岁月残。

（十一）守信

鸥惊舫笛春烟里，柳暗楼台夏笃依。
沽水为家翁得意，飞翎可信羽忘机。

（十二）恨有笑无

春恨红云带雨浓，冬哄瘦影裸雪容。
浮言则喙舌三寸，巧语于身岭万重。

（十三）愁怨

月穿净牖未成眠，风彻残云动腹弦。
帘卷举头瞻一水，心和散米碎三川。

（十四）议论

木落参差树斧功，江潮波起棹歌洪。
山南水北家国事，尽在渔樵爽口中。

（十五）闲情

津沽水暖添幽梦，一阵如归度塞尘。
酒就千山酌白雪，琴邻佛院奏阳春。

（十六）耿介

河北金园栖老屋，残杯叹与世情疏。
腾说诈伪随千变，弃恨修榕自摊书。

（十七）怀旧

披襟望月君何在，独上虹桥友半零。
长念桃园追管鲍，全凭逝水响耳庭。

（十八）幻想

东或鱼鳖西旱砾，黄沙蔽日水淹流。
乘槎上月频摇桂，沛絮纷霏遍五洲。

（十九）兄弟

祖柏多情繁教子，枝枝弗语月同明。
三杨咫尺难相会，弟挡风寒暖父兄。

（二十）朋友

倾盖时怜相见晚，神交竟羡此生欢。
虽贫虽贱非移志，鸥鹭忘机亦使安。

（二十一）祖孙

几斜榻陷地参差，马跃鱼翔可横驰。
小女询爷嗨什么？一痴眉雪弄含饴。

（二十二）贪吃

箭落三巡烹玉羽，鼎沉九派烂豚鳞。
蝉杯响耳金犊泣，一箸翻如食百银。

（二十三）自赏

苍舒置镜匆鸣舞，绣翼啼云始未休。
无视鸾衿鲜似锦，孤芳抵死不曾收。

（二十四）立志

白发苍颜满庭词，凭临五岳放吟诗。
躬行万里当稀骥，腹贮三编作痴儿。

（二十五）吝啬

瓷鸡一改仁施节，铁鹤全无鲍叔情。
监客隔帘闻卤味，使人荡罐听铜声。

（二十六）挑剔（集句）

春风不度玉门关，驿站梅花带雪看。
远去不逢青海马，十年灯火客毡寒。

（二十七）模仿

峨眉竹径蹿王孙，摘帽攀藤戏客魂。
大喝三声回五啸，轻摇一棒敬双翻。

（二十八）嫉妒

即生翠羽团团绣，未惯鹅黄闪闪纷。
不恨天涯鸾凤锦，狂疾咫尺鹤鸡群。

（二十九）好奇

长街柳影蒙眈晓，众里浮言匜道淤。
嗔眸徉聋生角探，原知辇轧逝鸣驹。

（三十）懒惰

绔子缠光过八砖，乘风破浪待来兹。
直须绿蚁寻歌舞，总赖红鳞放杯迟。

诗·卷四

戊戌年四月十四，小学同学聚会感纪之

（一）

闲搜好句题园北，静敛霜眉对翠前。
五十七年圆旧梦，夕阳还与众怡然。

（二）

塔影东斜叙昔缘，旧亭湖上阖田田。
席间绿蚁思名录，劣虎花颜幻梦延。

题宝生所摄田间留影

伟岸兰衫下麦塍，穗嘉漆管浪千层。
朝阳影里深情在，远壁云根莞尔凝。

无题

吾庐蜃宇涌高嚣，无赖黄鸡熨九霄。
惑想经年回海瑞，庸知累月入渔樵。

虫化蝶

欣然菽梗纳青虫，细咀如期褐蛹中。
蜕化含辛终破壳，依风入梦恋芳丛。

可欣得豆虫喂，细观其作蛹，化蝶，后放飞。过
程中兴趣至极。赋此。

蝉

（一）

邻窗余响彻高桐，断续弦鸣似点铜。
吞象闻声缠乱绪，摧枯废叶赖秋风。

（二）

心静觉声韵更长，铃铃震语索情商。
经年壤破寻香露，秋月荷残泣病霜。

题宝生墨竹图

三茎凌寒笑朔风，高洁可喻后奇童。
文同胸次无俗物，郑燮笔端有剑雄。

题严扬平先生图

虞陶指点胭脂赋，窑室焰摧玉骨清。
四季芳澜横淑影，一枝春色满庭莹。

乙酉年春，指画瓷板红梅，报春图。

题王墨凡先生岭南写牧归图

岫窥迷峰有几家，幽闲木屋贾担斜。
蛮童累牧牛归晚，动竹微风翁饮霞。

五言二十六韵并序

癸巳年夏末。余时年五岁，妹尚襁褓中。父母商量，将吾送祖籍暂住。一日晨，随父乘汽车中途转马车，午至。伯父迎，喜。拜祖父母。当日父归。于是熟环境、会亲情、赏郊野、体农桑、习乡音，数月，秋凉而归。虽几十年，情景历历于目，难忘，纪之。

慈母贵贤善，玉珠尚褓襁。
顽童时五岁，父送祖籍乡。
晨行至正阳，伯父见侄郎。
臂举挚天上，眸张细览祥。
堂坐叩爷奶，袖藏赠蔗糖。
灶前忙薏姊，蛋菜嫩羹汤。
油灯迷鬼事，稆秸插秋蝗。
合目斜头炕，吟蛩响外厢。
绣颈三声唤，家人实束装。
门前辕褐马，紫陌露初凉。
辙引垂纤草，溪流领地旁。

渔鱼沟卧篓，禾荷垄锄秧。

蜓飞野兔藏，二姐负童狂。

城内无情趣，农郊有穗香。

满载车周紧，甩童货上方。

摇摇生惧色，小手固抓纲。

佳禾场曝晒，遽碾磨石忙。

驴马童合喘，玉珰粒乃良。

井浅无须辘，绳长有桶刚。

祥哥熟技巧，瓢饮亦冰肠。

幼年不谙理，辛苦事农桑。

祖辈何匪懈，晚生念恻惶。

霜降寒风起，思家梦想娘。

随车携野味，自此侉音吭。

灵禽

灵禽彩羽华，晓占筠枝斜。

若为贞情故，不辞绿转霞。

　　观庆元发来灵禽变脸，奇，纪之。

五言二十八韵并序

一九九六年至一九九九年，余主分公司。倾心四年，率众出策，调人事、能者上；重培训，效松下四道、学史蒂文，企业家十三忌；尊马克思，按劳取酬，唯人尽才、物尽用；扩实体自营；清仓遗众，免丢失；立信条，业主至上；使泰达大厦、富士达电梯、中国银行工程优质；控资金，无缺银；择优分配，激励先进；三年获"城建系统先进企业称号"本人获市劳动模范；后归公司津河畔。以纪之。

斯冬承治企，谈笑越三年。
全赖倾心竹，皆依睿智贤。
灯前策未眠，试玉或情牵。
能文须九训，会武要千研。
常闻松四道，自此好周旋。
勇弃十三忌，凭弹五十弦。
独赏马翁略，酬银与力联。
人人均若响，物物尽纯全。
来兹实体坚，扛鼎不虚传。

百里声名赫，四时信誉鲜。
规矩仓中歇，深藏肺腑煎。
开门怡慧友，闭牖梦翻颠。
言行尊必果，许诺落蛮笺。
业主三公上，吾心便静焉。
泰达雅翠妍，富士梯云仙。
中行沿浦柳，斤斧鲁班缘。
路遥怜马力，万里苦摇鞭。
帷幄运筹度，良使入袋钱。
功有六三九，私无十百千。
毫发聊处厚，不教泪襟前。
三秋紫菊娟，美玉耀岑巅。
津卫称模范，众星共绮筵。
尚雅一云鹤，声闻在野宣。
平平平淡淡，伴月津河边。

西江月

一九九四年秋，建校同学聚渔阳，忆当年，恋旧情。余感赋此，将四十名同学名嵌入其中。留念。

廿九年前同室，吟风弄月诚虔。
金秋把酒响丝弦，逸韵渔阳燃恋。
学凯获称徉傻，长江百脉云平，
浑如道韫汝猷贤，笃志文成笔炼。
春淑二兰清雅，凤山树清富泉，
凤琴乐奏有于阗，秋桂荣丹子倩。
几度春华秋月，玉福宛玉千盘，
玉明增会润莹斑，凝伫铭阁几案。
华顺经商开蕴，顺发革溅永先，
建国铁虎意弥坚，可庆芝兰不倦。
铭浩宝祯宁静，涟漪塔影星斓，
意惬虑淡双胜安，忠利陶陶慢散。
文敏宝英明慧，迺仁自率无闲，
金城桂酒夜来欢，锦绣金章再现。
震畏国维横剑，致阳袄秀云翻，
凤林兆伟马南山，竹菊梅兰烂漫。

南成都、北京都

于荷塘均摄到鱼跃食花之景。纪之。
芙蓉燕首迎秋爽，忽报金梭索艳姬。
银纴庄生吞白羽，红笺谢逸乱采诗。

行色

世网族人未转晴，秋霜下叶淡无情。
催眉巧智追三梦，馨酒霓裳忏一生。

咏收废品者

残炎白发恨追凉，不让蝉鸣引噪扬。
巷陌寻常遗旧影，世间终有降银行。

戊戌年秋。

掏耳蚕

尘繁碎叶充决牖，謦说层积废主听。
病怨催牛驱白虎，心酸贯石筑萃屏。

怜二君心中唯利无情

乍冷中秋悲草木，潇潇暮雨透心凉。
尘间若有真情在，何事智昏利令忘。

赋予宝生几位老同学

澄秋爽翠映荷塘，桂子殷勤落暗香。
交缔残霞云共月。谊深晚景鹤同翔。

戊戌年中秋。

忆匆匆建校

乙巳秋学籍，红旗水畔生
闻琴泉映月，觅室读书声
黄须竟请缨，搏浪赌输赢
冻转梨园口，从师巧匠萌
一班三七缝，二组杠平行
运斧观高艺，居规绳墨精
寒春转野营，陋室透风鸣
冰床缩打齿，鼠盗自由行
一日三餐准，桌钦尺度明
翩翩肠不足，大釜菜汤平
无银忍力撑，不若己师征
詹镇瘤灰代，船泊电石更
湿巾同力役，广厦始垂成
劲性非辞苦，泳池泛碧清
精研专业卷，立志筑佳城
一夜吹红雨，温存半晌轰
阆门教授惊，校滞杏坛横
驱从人变鬼，浑使鬼成卿
未遣波浪去，孤灯照小兵
青松知我意，雪化自持盈

五言古诗，二十四韵。送给建校老
同学留念。

海河上的桥

金钢忍逝化长虹，晓月铜狮气象雄。
忆昔金汤夹劲旅，而今进步聚征鸿。
北安绝景方方圣，保定宏观径径通。
贯遍直沽七十二，鱼馨金阜贾囊丰。
光华弃阻车舒畅，国泰安津众钓翁。
解放刘庄富民鹊，光明赤峰列京东。
海津卧浪罗鲛客，伟岸海门幻蜃穹。
十八贤梁明月夜，柳林玉笛彻晴空。

戊戌年秋末，李毅君发来"海河上的桥"帖，有感，纪之。

无题

魏紫凋凌怨嫩寒，居奇独自到长安。
来兮老去终无恨，碧水蓝天更好看。

冬至嘱友

地裂阶残尝九酒，龟眠若匿养三阳。
驱寒就暖防肤泄，弃枕离床待日光。

自嘲

七十寒温水月波，东君不改李桃魔。
矫风厉雨收拾尽，依旧愚盲梦一柯。

雪中黄山迎客松

笔拔一树值梅花，待客冰心抱臂斜。
欲晓高洁如化絮，冬云断壁是夫家。

小龙庄

驿路春云灌菜香，翁喜外女舞鸿翔。
遗勤克俭民风古，归去来兮入吾乡。

独步

独步津河畔，风牵蔓草柔。
襟诗红叶水，恨滞不东流。

二子融融

兰秀芝荣本同襟，无言姊妹比肩心。
忽闻二可音干嗓，大可欣然适水斟。

无题

雁鹤鲸龟自在哥，无须玉帝界山河。
可怜两臂通灵物，抱恨三心遽亮戈。

诗·卷五

自嘲"自作自受"

（一）

经年代谢织酸疴，鲍羽膻蛟并酒魔。
尺蠖强伸枯作戏，禅心一戒素蔬锅。

（二）

稀来性僻迷诗曲，岳涌鸳荷尽可情。
炼句推敲郊豗断，千言不抵一杯羹。

人一生都在不停努力拼搏，非要达到不胜寒境地，
实则尽是"自作自受"。

戊戌年闻久柱清除白内障

镜起鳞鳞钓夕阳，波神倦影晃霞光。
双瞳目障轻清去，七秒金梭逐竹囊。

冬泳

狮子桥头柱立晶，经年尽与白鸥盟。
龟龄著翅穿寒水，骥耄平笺赞贵兄。
戊戌冬二九，耄耋老人八十八岁破冰冬泳，赞纪。

观鸥鸟

晴浦白鸥绕霓翔，初逢日暖便清扬。
盈盈碧玉临琼树，皎皎明珠葆瑞光。
戊戌年冬四九末，与可欣于虹桥河畔，观鸥鸟。

别怨

一别芳华四十年，孤灯冷月梦云烟。
津南枕水空流叶，路北邮亭退旧笺。

巴西木

素染凌空淡雅妆，无因弃赏自清芳。
经营雨雪经余载，蘸润辞骚一腹藏。

己亥年正月，吾家巴西木，近十五年，五放其花。
虽白花冷淡，然馨溢满堂。其不因无赏，而独自
芳。吾欣之，同欲之，并赋之。

题刘令宇姐戊戌年
国庆夜所摄津湾广场照

影泻津湾亮蜃楼，云阁画水可眠鸥。
洋风帝辱劫尘去，九脉萦波小扬州。

无题

枕梦当初莞尔中，牵衣折柳羡春风。
浮云一去鸿无信，滴雨经年石有冲。

己亥年春。

七律·闻河西务镇在建
"通武廊"枢纽

凤尾龙头①古渡愁，南员北客运河流。
携尘倦旅分水陆，带月长亭积怨忧。
廊香通武②金榆③叶，柏迹康衢靓幽州。
四处春光同识尽，京津冀北畅悠悠。

注：①凤尾龙头：河西务运河段被称京师龙头，
　　杭州凤尾。
　　②廊香通武：指廊坊、香河、通州、武清。
　　③金榆：指金叶榆树。

七言·到长春伪满小宫院

倭宰离宫郁气泠，隔窗野雾透馀腥。
旋听候曲空遗恨，沽忘勤民溥晦冥。

悟

天行岁岁春，吾仅百春身。
断念春长在，当春贵不泯。

山行

万里纤途绕小球，此峰转过一山酬。
行行华岳丝绸路，仰止昆仑自觉羞。

谒武侯祠

羽扇功名垂宇霄，清平蜀患霸英昭。
原知汉室三分鼎，未觉曹瞒一统枭。
玄阿苟且残颓主，诸葛空遗尽瘁骄。
若使茅芦堪逆转，黎民避乱燹烟消。

望海楼

怒燹三修海动容，孔夫圣母各仁宗。
星槎宇宙开门户，铁面凌云享世钟。

无题

溷浊扬波屈耻迁，时人识物贵周旋。
春华夏溽兴衰事，笔路公论二百年。

己亥清明，可欣可唯二孙女，磨豆、采摘二首

（一）

梓野宽棚闲意致，蛮腰石磨转心情。
小篮拾满三兜果，大可归来一枕轻。

（二）

柔情姊妹如春水，二可无甘落后荣。
任是风声和母唤，单凭稚手掠莓缨。

春归

棠睡窗前收淑景，闲花落尽了春痕。
宁神翠叶书千卷，属目缃囊月一轩。

无题

（一）

双飞燕子新丝柳，独扑黄蜂泥粉尘。
碧野年年芳意尽，谁怜南北二毛人。

（二）

泠洗桃梨梦转迷，断肠杜宇又催啼。
繁华化作风和雨，半给方塘半给泥。

沪杭

摩天竹径两相宜，伴月江南蔓草滋。
紫菊花香涵桂骨，清凉四友醉吟时。

蓬莱八仙

倚剑丹崖掀罟水，葫芦合海觅云仙。
风摇小扇翻蓬屿，雨跳荷花染桑田。
灵箫欲度三山脉，鱼鼓还敲一粟筌。
笏板凌空垂蜃市，花篮遍洒野鸥颠。

书法

落贴苏黄怀素舞，心摹日月墨池垠。
换鹅显圣成痴我，取剑藏锥越古人。

无题

纷云滓雨一天生，默化山河浊未清。
丹肥绿瘦翻来去，底是娲愁补石倾。

遍游

云落江南宿莽间，鹰飞塞北享苍颜。
频盘阙岳千川绕，一拄篁筇万里环。

诗·卷六

海河

九脉横关潮外隔，百年屈辱泪如倾。
蛮夷浪溃成渔话，禹化秦德与海平。

小草

漠北江南望无穷，年年独领墨骚芃。
乐天野火谁能尽，介甫春风又绿蓬。
耿对疾寒常卧雪，直迎灼暑劲翻烘。
微柔自信根基重，弃我池塘废碧空。

立夏

剩野芳林馨扫地，飘城柳絮雪粘人。
三膏润翠浮朝气，一侯鸣蜩送暮春。

小学同学宁园会

高柳风舒砌径斜，菊兰十友话春华。
聆歌慕舞流云驻，赖酒酡颜不掩瑕。

己亥年四月。

岳母卧病

膝忧伏枕筇常卧，病起闲斋药未苏。
咫尺期颐颇劲拔，沉疴不胜太君殊。

己亥年四月初七，岳母九十六岁高龄，剩沉疴，
感而纪之。

河西务菜农

（一）

乳笋雏茄竟靓华，清畦净水注新芽。
宽棚避蚀霜重泪，起秀遗篮鬻万家。

（二）

园中菜菽灵姿秀，陌上莺杨影态舒。
古镇乡亲勤岁月，丽天朝夕探畦蔬。

茶

雀舌龙泉一品经，搜肠七碗腋生冷。
云浮欲觉尘脱境，味满诗心月满庭。

钓

芦烟野浦缭漪水，箬笠长竿锁半塘。
不倦春秋渔藻秀，蹯溪一叟钓姬昌。

怀人

畅观楼外藕丝风，依旧摇枝带雨濛。
独立幽亭伤往事，三生敞界妙归空。

忆旧百绝

（一）一建公司木工

逃劫废笔入工棚，木末纷纷泪转晴。
断朽雕柯囊酒汉，怀空抱斧袋饭丁。

（二）铆工

鞠躬善问离娄策，巧匠非输舞墨渠。
底事悲逢穿坎艺，通宵恋拂板金书。

（三）郭占余师

师友雷陈相把臂，忘年管鲍重交情。
专心练艺终非倦，不弃春秋自在行。

（四）无题

曲径廊桥影绣茵，玉蝶庄梦觅芳尘。
黄莺柳隐轻言浅，绿竹心愚不解神。

（五）拉练

突然碎案走三河，绝倒盲民鼓噪戈。
若使三军相垒尔，能持半阵几回何。

（六）韩玉堂师

刘季原知己不过，三杰六略大风歌。
才疏不惧离纨竖，浩月繁星九地和。

（七）无题

检点平生俊几容，原知厉海练蛟龙。
少陵玩月攀山顶，众子盯云仰圣峰。

（八）结婚

西厢月路兰心动，陋室残梁燕可栖。
共剪窗烛依郑婿，安得案酒举眉齐。

（九）妻淑兰

杯盘笑语喜君慈，灯火生平布纻仪。
带月流波魁胜子，飞针惴恐线衣迟。

（十）学诗

余于弱岁读诗书，底事稀龄畅口舒。
雪发执经循百遍，晨清有味夕时疏。

（十一）王怡师

新窟去锈迷烟漆，巧匠吞尘吐褐泥。
领袖当寻污染否，师徒作答考余题。

（十二）无题

袅袅杨丝碧缕垂，依依雪絮信风追。
频愁蜜意愚无解，可叹芳心独自持。

（十三）李增辉师

得遇李君颇义胆，相携立雪扣师门。
酸辛主宰无情碧，枕梦南柯剩泪痕。

（十四）住平房

蜗宅四壁陋如何，不倦箪瓢百事磨。
野薇斑鱼和豉煮，寻常淡味胜珍窝。

（十五）张松尧师

南北车行饮寒风，师言莫使胃肠恫。
温心一语春相伴，四纪衔环雀腑恍。

（十六）陈清平弟

方朔幽稽直率然，珠玑送耳悦心弦。
常吟桂影清平月，自信人生二百年。

（十七）兰学祥弟

月照红钧映典丛，惊人彩变亦殊同。
心恒细酌勘平仄，神似精研避饾工。

（十八）陶春兰

鸥鹭忘机口若瓶，逐冰泛海识书丁。
屈伸尺蠖丝毫善，不负扶摇一剪翎。

（十九）自嘲

无门有胆盲书墨，入室乏师负片云。
扪腹诗辞长恨少，平铺干体直无文。

（二十）无题

梦去来兮四十年，宁园老柳不吹绵。
空含蜜意牵离恨，不系兰舟望杜鹃。

（二十一）无题

阡陌荒园生紫实，山崖美果未争容。
丹心骨刺从人打，李妒桃烦使天瞑。

（二十二）千山行

千山笏宇松依佛，六柱晴空谷响弦。
焦尾始闻情似水，龙泉觉味意如巅。

（二十三）无题

独立中环倚碧楼，残光影里屐留痕。
牵衣绕树人何在，折柳依稀入梦魂。

（二十四）自嘲

自愧学龄赴水流，怀空酒满朽无修。
稀年案雪完痴梦，累日光阴敛寸秋。

（二十五）济南行

泉边僻径留清屐，历下盟鸥倚白沙。
带月流波双燕影，数星入梦一翎嗟。

（二十六）北京行

燕京六月炎蒸翠，一领圆衫伴侣行。
紫阙颐园穷胜景，归来碧落雨遗情。

（二十七）无题

十载风霜试比肩，含辛策笔苦思编。
书行不倦空弦月，影走环径岫伴娟。

（二十八）二分公司

六逸七贤融苦节，千竿百亩抱贞心。
同襟拂扫云和月，不讲高卑差与参。

（二十九）弃友

桃花且喜东君面，万岁山呼泣入宫。
乍显微寒红蕊弹，激言醉怨柳条风。

（三十）刘春山

春山闭路空啼鸟，磈石清泉任自流。
底事非能云酌月，新桃怎换旧符谋。

（三十一）二分公司

秋月春风十一年，随桃傍柳淡如烟。
凝眸阅尽枯荣景，补短修长待后妍。

（三十二）养花

万物参差仰化工，吾庐百卉剪修丰。
新知拂养丹青碧，不使斜枝漫绮葱。

（三十三）二分公司

自养诚如策不鲜，探春除弊励冗员。
平湖曲径芳林净，展黛摇钗玉梦圆。

（三十四）千山行

江南塞北倦仙寰，辽沈旅情独静娴。
佛面钟声飞福鹫，平生最爱是千山。

（三十五）无题

思君故地轻移履，独立桥根觅旧墩。
暝暗莺回幽径碧，朦胧树影月黄昏。

（三十六）淄博

博山翠隐柳泉清，携子穿藤觅媚精。
紫岭飞仙情不倦，窈窕淑女意持衡。

（三十七）无题

潮生雪影白沙滩，得趣忘机故旧欢。
一旦含虚凭用智，经年允实致难宽。

（三十八）无题

万岭丛林众鸟翔，充凤百舌占桐梁。
千般狗尾貂绒续，百转鹰翎鸭黑装。

（三十九）无题

北风吹牖棍拍玉，东屋残炉冷榻平。
横享三层唇打齿，卧听午夜雪敲更。

（四十）二分公司

五月朱榴映假山，晨迎主客列红颜。
群英场院千枝茂，金谷园林百一般。

（四十一）无题

劝君莫以烟浆悦，吐雾从来少世情。
酒断刘伶辞幕府，云泥褐肺枉医生。

（四十二）人尽其才，物尽其用

天生万物待其时，未可深藏弃不为。
良具新规出冷狱，工装巧艺领风姿。

（四十三）人才

分子排行不入诗，才人识者费甄思。
泥尘碳粒非足贵，演钻调质尽弃卑。

（四十四）歌舞

四月春喧芳纺院，濂纤细雨净榴枝。
清风透袂迷歌处，明月司员踏舞时。

（四十五）改革（四平头）

三更把卷思松下，四道堪经解惑文。
八纪追求终不懈，九天环宇主风云。

（四十六）宋迎春

迎春几度横枝雪，落砌三匝淑影颜。
白鹭襟怀常胜怨，合当笑语一心闲。

（四十七）当队长

单车载日趋南北，瘦骨临风转野郊。
帅众同工豪饮酒，金飙落帽自恢嘲。

（四十八）无题

忆昔阑桥相对影，杨花滚雪绪思牵。
屐痕伴草天涯远，无奈年华夕外天。

（四十九）自嘲

自惭造作无知畏，舞墨斯文未入行。
老干风骚遗笑柄，原当底愧打油张。

（五十）常州道

小院榴妍遗散韵，薰风簟榻带余香。
常州道里滋兰日，扣壁佳邻贵姓张。

（五十一）学诗

易安自比黄花瘦，心上眉头始未休。
索句泼茶惊婿臆，鲲鹏万里绝风流。

（五十二）无题

东风寂寞千条柳，池畔无人一色春。
带雨梨花凝霰落，云开剪影月星辰。

（五十三）忆千山行

酒力渐销舞扇行，长裙广袖羽翔轻。
琵琶一曲弹明月，屐齿寻岩响玉笙。

（五十四）无题

玉露凋残枫染绛，安排瘦菊显芳华。
谁知月熨吹寒雨，梦寄云游到夕斜。

（五十五）无题

燕去楼空悲蜜意，林疏露稠碧寒凝。
蛩声叶韵无高下，巧智人心有降升。

（五十六）银行、泰达两工程

云高气爽千林薄，月透晴岚万里明。
最是金楼垂硕果，赢蚨雅翠两多情。

（五十七）无题

万户千门次递开，尘霾滚滚寄嗑材。
东风善解趋迷雾，不及神州染绿哉。

（五十八）金海花园

小院深深燕雀声，石榴红遍映帘横。
琴书朗润含诗意，草木荣和有竹情。

（五十九）杭州行

知己钱塘共岫游，不时潮去客非稠。
唯闻六合钟声响，碧落吴山百里鸥。

（六十）巫峡

水送山迎艇恐迟，三峡入画睇羞师。
夔门神女云非是，九曲回肠雨夜时。

（六十一）乌镇

近水人家越语浓，盘旋古巷曲溪从。
人和物润河灯渡，丢瓦走桥翠翘逢。

（六十二）香格里拉

云行甸里神湖碧，风冽冰川鬼幻奇。
雪霁回看松赞寺，重扶宝刹待何时。

（六十三）谒晏婴衣冠冢

共谒临淄平仲茔，低围碧草没腰生。
清贤霸业流千古，衣冢黄昏夕尚明。

（六十四）骊山

夕阳绣岭霞中绮，贵浴汤池尚溃浉。
虎拜龙祥参拧柏，骊山晚照石榴红。

（六十五）古边塞

鸣沙远聚入云端，大漠鹰盘数骥官。
嘉峪雄关无卒马，寻奇驴友往来欢。

（六十六）金山寺

江山一览金山裹，法海三时尽瘁持。
玉带高台皆在眼，麻衣白发暗航慈。

（六十七）盘山

三盘绝胜松崖碧，五笏鬘情挂月妃。
桧圻龙鳞著暮雨，云根舞剑唱高归。

（六十八）雨花台

木末临高眺圣台，碑云倒映镜池哀。
英灵碧血霖花雨，颢厔钟山起风雷。

（六十九）南京

乌衣巷燕年年见，曲陌桃花岁岁开。
蓣恨离魂东逝水，依怀别梦去还来。

（七十）寒山寺

重游月落桥边寺，未改钟声砌霜痕。
只是门前枫合柳，渔船旧铺送王孙。

（七十一）无题

忆昔同为立雪门，春花秋月醉心魂。
纯芳梦破云烟散，钝柱诗成肺腑翻。

（七十二）同李林武汉

黄鹤楼阑独醒醒，李三旧地鳜莼羹。
同修匠业粘寒暑，颓发如今气不盈。

（七十三）三峡

索句无眠月满船，峡风送爽旷怡然。
一帆百里寻猿影，两岸千山合碧妍。

（七十四）大连

夜航渤海少波澜，日跃腾霞胜岱山。
醉眼昏花呼白鹭，同登旅顺炮台巅。

（七十五）苏州

姑苏月夜樯移影，砌岸灯明柳动人。
摇曳梦魂生浣女，诗思荡漾隐陶身。

（七十六）张家界

千岩万壑张家界，红豆珙桐负氧存。
十里画廊稀辑句，藓苔屐齿有清痕。

（七十七）天山

策杖天山半月湖，松杉雪域水相濡。
遐陬复帱余思在，莫走达摩险径途。

（七十八）西行

巍巍昆仑伏柱魂，宛丘悬圃毓黄孙。
网渔训野结绳纪，觅祖丝绸石斧痕。

（七十九）赵州桥

天下奇桥识几人，洨河石拱绝西尘。
骑驴霸岸神仙道，浪涌苍桑跃锦鳞。

（八十）退休

归田解甲雀罗门，案牍丝弦独弃烦。
太太客厅无有我，渔鱼茶座白丁村。

（八十一）念青山

念青婉拂一洁莲，浴日涵星鬓白颠。
纳雪吞云情笃错，凝身化石意笃禅。

（八十二）九寨沟

九寨悠悠剑竹生，溪流五彩耀神明。
皮书紫桦传情意，碧玉新云不外行。

（八十三）西沽公园

西沽雨霁池荷足，石岸垂阴鲤戏莲。
坐坐绳床依柳树，多多稚女打秋千。

（八十四）杭州

虎跑梦泉赖性空，慈山琵琶滴盘中。
甘浆龙井茶沏就，客座非移日夕穷。

（八十五）皇城相府

鸾台翰阁寄春秋，南院书声贯晋州。
为囿河山楼耸岫，文昌进士殿谋筹。

（八十六）学京剧

筵前戏弄借东风，宛转皮黄醉咏功。
满座疑趋江夏口，尊拳奋袖扫奸雄。

（八十七）学企业管理

从学十载根基浅，治事怀空有莫中。
倜傥挥筹厘划策，天时驱使读书功。

（八十八）宝坻支农

金秋西李庄头歇，菽露锄禾引犊回。
月窥窗棂搓粒米，灵歌落剧宛云开。

（八十九）白洋淀

碧淀灵槎两苇间，停艄啜饮醉虾蛮。
游凫顾影沧波去，剩友抽身野鹤闲。

（九十）无题

促织秋声翳苦心。相思此处觅知音。
烟波冷露通宵泣，暗烛寒窗独夜吟。

（九十一）野三坡

百里峡谷几许幽，三坡十渡漱石流。
滩头靓女涤绢去，水底云山入画收。

（九十二）野三坡

水净山明十渡稠，金风送爽紫椒羞。
苔青骨洞迷曲径，漆夜萤光乱水流。

（九十三）垂钓

秋风皱起碧鳞开，撒饵埋钩草鲤哀。
长恨没择渔道处，筌空羞涩几鱼陪。

（九十四）大连

洋楼月影清如许，望海瑶光雅似兰。
夜放笙歌喧九陌，游人不起故园欢。

（九十五）陪凌国华八大处

三峰汇掩阔南开，竹院钟声远客来。
舍密环山行未尽，林深静处有僧陪。

（九十六）潭柘寺

曲水流觞敛韵冥，猗玕碧瓦赤栏亭。
龙蟠虎杏经年睹，潭柘晨钟送尔听。

（九十七）香山

眼镜平波清映柳，小花壑谷翠苍松。
峰明水净新霜早，碧瘦红肥侣性浓。

（九十八）香山

云烟宛转隐峰峦，霜与秋容更好看。
靓侣多情峰树里，茱萸带酒醉还干。

（九十九）北京大观园

富贵容华赖紫銮，骄奢梦幻夜灯残。
原知品质根基重，莫扣豪门落涧滩。

（一百）无题

云开月脱弄坤华，舒袖琼楼乱海霞。
玉兔嫣然垂首望，儿孙绕膝醉无涯。

题繁荣兄新疆喀什所摄

赫谷仙翁种玉红，沙平石浅野流冲。
渠疑赤水源喀什，再饮琼浆换酒盅。

繁荣兄去新疆途中

万里星随大漠行，香妃杼织汉伊情。
丹峡碧海生酥草，雪影充囊丽句盈。

闻繁荣兄再入疆南，甚喜。吾难脱身，未能同行，深憾之。愿兄饱览世奇，满载而归。丁嘱："莫劬劳。品香馕、奶茶、甘泉、鲜果。使体健如常"赋此。

纪张玉明一家潮汕行赋此

蓦地张家隐凤城，湘桥疏雨洗悲情。
龙湫宝塔祥光赫，韩愈浮沉枕颂声。

叹香江

苍海明珠泪有痕，紫荆䜌怨暗伤魂。
三番恐落襟中血，一把何亏域外鼋。

蚕

地养桑林化女娥，天生马首自弥巢。
美人蕙绣侯王锦，尽是冰精血网罗。

春日

初春二月花无见，柳摆柔黄雪霁时。
雀语鸣鸥哈得意，闲观速客赖争棋。

诗·卷七

古镇遗风

古镇荷风十里香，河西霜月蘸蔬芳。
田家有志添秋色，鹤韵无俗送羽商。
巷纪村村根底善，家风户户子温良。
天长水远怜心草，万里扶摇去洛阳。

喜闻九月二十七日河西务镇开"家风孝道"讲堂，
有感赋之。

二三友秋末聚宝轩渔府

暮秋菊老枝疏绿，渔府肴鲜玉糁稠。
酒散轩空琴佐曲，吟成月在枕西楼。

贺新春并忆百廿年前庚子

年
庚子
旧尤牵
百廿遗篇
叹京门盾破
魅魑鬼鬼侵边
蛇蝎虫顾家国血
君不见佛走庙灰烟
乾移坤动中山雄剑立
翻苍海一统享民权
二战悲歌倭缴械
约章宗旨绵延
秦鼎汉关实
青岭渌泉
春又妍
未老
天

庚子年元日，七十二龄戊子红衣志文给您拜年。
祝愿："庚子龑滋耿自更姿赓耕籽"乞下联。并赋。

宁园旧友会

池莲堕粉来牵梦，岸柳垂绦欲系船。
二仕深情思久远，一园好景恐匆然。
风吹雨剪香如故，伴笛随枝惜旧妍。

感师恩

诗骚律韵兰亭逸，累月无闲引梦长。
志未成烟文有迹，荣师化碧顿迷茫。

感繁荣兄不吝指教诗词之法。令吾不断进步，然
自觉仍差距很大，须锲而不舍，尽读古人之作，
吸收精华；频写余之所思，不断锤炼。能再有所
进，为念。

诗·卷八

红楼恨

大观园奕三春醉，巧凤簪华八面芬。
贾秀焉容甄士隐，怡红弗诒赖晴雯。

回文

楚寒云密云寒楚，鹦雪淡梅淡雪鹦。
旅梦陈哀陈梦旅，樱珠就泪就珠樱。
绪愁一寸一愁绪，茎缕万般万缕茎。
侣绣神针神绣侣，擎天拜将拜天擎。

庚子二月廿五，大风

何必白塘制火牛，炎黄得梦解埋忧。
三千翠柳招蓬鹊，十万春风嫁白鸥。

观振鹏所摄太极拳艺，赋此

奋翼扶摇六合根，振鹏疾迅百无痕。
三丰祖略开山道，九变刚柔济世魂。

海河（三首）

东来九子闹陈塘，七十二沽是故乡。
黍稻明朝香就釜，河鱼自此懒出洋。

恋卫迷津滦水泊，桥阑照影侣华妆。
乡情宿鹭人稀碧，蜜意投波月落香。

浩浩江河险万山，虬龙卷地撼乾关。
九渠拱卫虚名海，假借春风愧厚颜。

绝句

庚子风尘运疫疴，洲洲历险暗消磨。
无端阔野灰衣窃，并入樊笼白鼠罗。

手术

一梦方苏眇鉴端，此头仍在吾肩安。
云长陶弈疗筋骨，元化柳刀胜灶丹。

感恩陈军主任医师

稀龄落难悲凉意，殊遇良医历业精。
绝爱初冬经久照，何如扁鹊继回生。

无题

七情独喜余嘶怅，一辈多尝直喙悲。
落日流霞干汝事，衰年失健枉凝眉。

绝句

七十朱颜未晓然，撕心裂肺罔逃禅。
思疼定痛当良训，致爱亲朋莫幸迁。

绝句

天帝不融双鬓雪，当秋卧病绪繁忧。
杜鹃商略早归去，换个童文亮九州。

知己大钧兄

半世深情浴胆肝，直言笑语博心宽。
青山一道同风雨，碧水单舟共涌澜。
雪压松枝终有化，霜凄竹叶节方干。
倾怀点破愚襟塞，自信人生仔细看。

绝句

忽的神崇索敝魂，但悲词卷辑非存。
泉台一旦逢苏轼，始信羞颜落怯痕。

绝句

少小学疏愧复堪，雪颜寄梦杏林庵。
山东入室寻夫子，面北升堂七十三。

绝句

孙儿未晓爷离苦，抱臂牵衣赖果酸。
我愿欣珠常矫健，天融唯玉久康安。

登山

一九六六年十月串联，偕明阁、玉福、建国、增
会同学登大连临海小山。

五子霜秋首问山，峰迎海唤碧兰湾。
棕鞋踏顶归霞晚，垒壁悬坡弄汗颜。

漫兴

（一）

耳顺迟年笃学诗，灯惊枕上落霜丝。
脱胎换骨甄经典，丽句清词胜昔时。

（二）

岁月蹉跎耻惑迷，愁花落尽入春泥。
稀年扣立程门雪，小米凝痴魏紫齐。

（三）

不辍诗书腹有芝，时光莫废卷勤持。
微尘垒积千崇塔，绝世医方可缓痴。

无题

人间窄若何，镇日乱销磨。
宇宙无安处，苍蝇眼下多。

戏作

忆好友万，晏和余三人（二属鼠，一
属羊）同于"蜀香圆"用餐。

滨海良佳会，闲情巧偶言。
羊临洋味馆，鼠进蜀香园。

患友

病来莫问焉福祸，荣落由之本仄盈。
煮药翻书趋百绪，呼风唤月会长庚。

　　　　　庚子年十月，寄患友张志利兄，王贤弟。

冬寒观窗冰凌花感

（一）

近日号空奏响沙，灯寒榻冷病吁嗟。
凭谁陋室添窗蕊，疑是陶家送菊花。

（二）

六出玉葩逢三九，万朵金精爱九重。
秀色秋冬无二致，兰梅界内少莲容。

词·卷一

念奴娇

甲戌年六月，登磬锤峰

磬锤峰伫，靓奇峻、千古风流赢妒。
拼教擎天，雄坐令、惊塞威南似虎。
紫石驱魔，鸣蛙裂谷，万壑松涛度。
抱冰迎雪，任烟云耿来去。

遥想玄烨当年，赫然垂伟绩，绝尘先祖。
睿智超前，谈笑间、挥手执来琼柱。
小岛归囊，亲征收蒙北，气吞饕骨。
生娃当此，治乾坤御文武。

诉衷情

甲戌年七月，野三坡采椒叶，老农发现，众人周旋方去。

松涛壑响未曾休，篱菊弄金秋。
岩边紫艳摇醉，贪野味，采椒羞。

鹂巧舌，鹊殷酬，赖风遛。
解颜轮远，窗外岚峰，夕落霞收。

虞美人

甲戌年十一月。

中山院宇闻歌舞，晋管和秦缶。
无心短调弄弦中，怎比曲栏叠石月眬蒙。
归来独自敲几柱，剩有星凄楚。
寒灯偎影寂无喧，雪窗或闻琴响未成眠。

一剪梅

乙亥年五月，千山。

初绽荷花郁翠山，碧水潭泉，西海湖泉。
佛前发尽愿千般，一祈平安，二祈情坚。
尔烈书房雅韵传，福凤琴澜，俞子琴澜。
龙泉谷鍪首蜿蜒，飞钵生莲，贝叶清莲。

蝶恋花

丙子年八月。

飒飒秋风凋碧树，垂泪楞根，语咽伤心处。
素镜争知离恨苦，银光不废穿如故。
忍顾桥边凭桂舞，凝睇姮娥，病解怜孤鹜。
缘月缘君缘伴侣，殷勤俸上香樨酥。

沁园春

丙子年九月九登香山。

郁郁重峦，涧水潺潺，竹叶伴霜。
望万峰红遍，黄栌换装，千枝碧竟，楚雁回翔。
鬼见愁肠，封炉绝顶，别墅双清浣女凉。
遥相望，索静宜景，目障裙裳。

登高九九寻康，任落帽凌风把臂郎。
去翠薇亭伫，栖云榭绮，香山寺谒，眼镜湖航。
绿鬓金花，苍松玉柳，各领风骚岁岁芳。
真如是，只待来年界，一片枫狂。

卜算子

丙子年十月，登泰山。

偶宿日观峰，野店琼酥馨。
各自寒衾鸳瓦声，旋复犹惊梦。
响屐与云平，恋石封禅顶。
俯看三门索玉条，把臂移莲影。

鹧鸪天

壬辰年十月。

瑞雪霏霏嵌入冬。浓阴陋室似寒宫。
祈求碳火胸前暖，奢望炉温背后情。
书静看，画闲评。弹琴对弈无白丁。
浮生不必争高下。赏絮闻风自在翁。

鹧鸪天

壬辰年十一月十九。

斗转星移一度元。年来岁去鬓斑般。
未成一事英雄短，憔悴三年士心酸。
能放下，可回弯。疏篱曲径毓花田。
一杯且换明朝事，送了斜阳月照川。

鹧鸪天

壬辰年除夜。

笑语千家兴未阑。吟思蚁绿羡谪仙。
风销霾雾留腊雪，月动浮尘醉春烟。
何日净，几时妍。花开花谢尽美言。
闭门瞽说千般好，若讷寻思侃大山。

浣溪沙

癸巳年除夕。

一曲新词酒一杯。钟声欲动送寒梅。初旋斗柄待春雷。
留恋时光持有度，不甘沉寂志莫回，凌云耿耿付诗怀。

如梦令

同大钧、俊才应汉涛、武彪等邀，赴小宴。

如宴"江南屋"俏。一品汾浆鲍泡。
竹叶话当年，便把犊牛吹了。
玩笑，玩笑。暮景桑榆臻妙。

卜算子

癸巳年九月，咏菊。

浥露碎金香，五柳迷青润。

素萼迎寒独自迟，眉傲轻霜蕴。

尚晚本无瑕，隐逸尘非近。

甚感多情胜杏桃，唯赋秋风韵。

沁园春

甲午年正月，和刘令宇。

白雪阳春，对酒当歌，俊影傥标。

待细酌梅梦，池塘嫩草，追思蜜意，碧缕牵艄。

案上凌波，几横绿萼，二子窗前试比高。

真如是，奈腊输娥淡，史欠姬娇。

琼浆玉饯童娆。令咏客吟狂醉欲陶。

昔尚书红杏，含情一闹；郎中素月，弄影三招。

拂袂山中，穷幽户外，天籁含章笔自豪。

翻成句，纵玉川华木，各领风骚。

诉衷情

甲午除夕。

竹爆,孙闹,翁媪笑。醉含饴。

人未睡,压岁,喜双眉。

雏凤语来迟,咿咿。

梧桐花漫时,伫琼枝。

菩萨蛮

乙未年除夕。

凌波送腊添疏影。今年梦了明年梦。

小女可心田,温瞰珠玉妍。

良宵拼醉倒,从未嫌人老。

长幼共欢娱,忘机鸥鹭愉。

菩萨蛮

丙申年元宵怀友。

时逢此夕伤离别。依阑凝睇馨梅雪。

鸥鹭一声声,君在何处听。

今宵沾酒醉,两处同憔悴。

月下独徘徊,万家灯火陪。

梦江南·怀人

（一）

芳去也，芳去梦偏频，
旧日萦怀多笑语，幽窗漫结苦吟呻，
酡面对黄昏。

（二）

琴声近，声近绕梁间。
夜静微闻如窃语，弦弦切切落珠盘。
邀月共三圆。

（三）

琴声远，声远绕千山。
我欲乘槎飞渡去，丝弦百诉入云天，
人立莲花巅。

词·卷二

卜算子

壬辰年三月，庐山。

白云绕峰巅，银瀑划青翠。

花径妖桃懒作妍，商量崔郎事。

猿窥洞焚香，树隐松杉沸。

一抹鄱阳万里波，鸥鹭风云会。

竹枝词·小三峡

灵鹊萦波媲美娥，船头唱罢船尾和

红颜弄水回眸笑，欸乃筼蓬打棹歌

鹧鸪天·大三峡

月影夔门映舶厅，横崖碛水涌诗情

船移嶂去迎神女，浪转峰回抱翠屏

观聚鹤，望登龙。相迷渔浦觅猿声

悠悠醉卧江关梦，更有沙禽伴月行

浣溪沙·大足石刻

智凤华严三圣浮，石雕砺作世惊殊，
下朝宝顶溢香炉。
千手观音虽胜法，饕贪魑魅亦难驱，
钟声震震暂惊奴。

菩萨蛮·黄山

黄山览胜云尘岳，松涛壑瀑诗难绝。
一抹海烟魂，幻崖千嶂瞑。
独寻仙梦境，凝伫光明顶。
三十二莲峰，乘槎上紫宫。

忆江南·乌镇

皋水畔，古镇透苍华。
闲梦江南寻桂客，乌篷载月漫煎茶，
几日再吴家。

辛卯年八月。

南歌子·杭州西湖

柳黛苏堤暗，半遮西子容。
长桥一别碧伤侬，时断掩欢绪恻恻情浓。

渔歌子·夜船阊门

渔火江枫染旧尘，罗裙彩舫送波频。
天上月，水中云。姑苏西子两佳人。

一剪梅·呼伦贝尔

苍狗垂翔野漫腾，万象凌空，瞬去忽成。
茫茫广甸静神凝，碧浪羊馨，俊马天行。

贝尔呼伦笃鹭盟，一水盈盈，脉脉心恒。
斜阳映翠鬓霜翁，素草无情，夕落晨星。

菩萨蛮·长白山天池

水乡古镇江南好，唯输太白银妆俏。
池水绿如兰，天净生紫烟。
千鬐聊可望，壑谷松涛荡。
冻石浴温泉，长斋可慧禅。

渔歌子·武汉

历历晴川碧鹤楼，栖霞寥寂笛风流。
云做伴，侪同舟，吟诗汉水晚清秋。

相见欢·漓江象鼻山

漓江九曲回潆，笋林声。
象饮透漪稍纵碧波腾。
新生洞，吞云涌，彻影凝，
别是一番情趣入心庭。

辛卯年十月。

清平乐·北戴河疗养

葳蕤芳草，帘外闻金鸟。
饮露吟云梅翘角。独步溪边幽道。
剑峰松柏谁知，华妍菡萏凝思。
若使东风翻海，清凉月夜归迟。

壬辰年五月。

鹧鸪天·新疆吐鲁番、火焰山

竹圃晶珠缀话堂，芳鲜赐紫纳清凉。
花腰踏节如鹅跃，秀袂应弦似鹤翔。
盘手鼓，唱宫商，殷勤坎井献琼浆。
板城谢女潘郎醉，火炽焰山未觉惶。

壬辰年七月。

如梦令·敦煌

高窟月泉宁静，驼影横斜沙岭，
伎女妙飞天，供养佛陀禅净。
当敬，当敬，面壁拂心慈幸。

壬辰年七月。

如梦令·天山天池

天镜映雪杉绕，吟朗又恐仙恼。
野雀噪瑶池，秋水倒空云渺。
真好，真好。侪影鉴中微笑。

如梦令·喀纳斯湖

银桦静波苍狗，湖怪戏泆弥久。
逐鹿话当年，曾忆射雕魁首。
翎秀，骐秀。图瓦可汗遗胄。

如梦令·嘉峪关

嘉峪黄风吹骤，龙首祁连贤佑。
关隘已无敌，风卷粒沙如寇。
知否，知否。应是玉门寻柳。

渔歌子·松潘

雪域松潘白草干，藏东贤室耐辛寒。
严训子，苦担肩，本波佳话著遗篇。

壬辰年三月。

桂枝香·西安怀古

金雕俯颈，阅灞水清秋，骊笏交映。
八百秦川秀锦，曲江池净。
青郭翠柳闻钟鼓，吼西腔，管弦笙磬。
汉唐宫阙，始皇俑马，几曾昌盛。

叹往昔、淫胡毁鼎。怅天宝三郎，安史遗病。
千古云山白骨，奈何奸佞。
霸残剩此岢峣土，但松杉衰草遒劲。
不知民怨，赖依垣颓，任风摇定。

癸巳年十月。

沁园春·秋恋盘山

挂月秋高，胜景三盘，壑谷涧滔。
看霁霞映鹜，枫红柳绿，轻风飒爽，竹唤松摇。
珠露湿襟，黄花满地，金甲渔阳万紫夭。
晨霜扫，任容枯百态，总是英豪。

岁寒君子娇娆。教志士仁人座右条。
爱尔妆鬟鬓，韶华正茂，须巾慧雅，伏枥逍遥。
几度斜阳。青春永驻，平淡从容横老刀。
千般话，纵雁排齐翼，岁岁今朝。

　　　　　　　　　　　　　　　　戊寅年九月。

采桑子·天安诗社成立

清词丽句风骚客。简破三编。
下笔如仙。字落惊魂薛纸笺。
躬身水电同吟赋。可渡关山，卫冕三元。
妙语尤存若等闲。

　　　　　　　　　　　　　　　　乙丑年秋。

忆秦娥·天安转机

西风泣。旧符梦断新桃立。
新桃立，麒麟图治，起凌云叱。
行空天马翻鹏翼。一鞭润雨千山碧。
千山碧，人生自信，会当水击。

己卯年秋。

三字令·天安十年主要工程赋

三字令，忆天安。越十年。征腐恶，
化积顽。顺民心，八大片，克天寒。

津盼水，引滦源。玉龙旋。招海水，
淡清泉。巨飞机，冲霄汉。尽开颜。

穿地铁，电优先。水风严。元首榻，
泰达园。走山西，集瓦气，井中安。

无缝管，势庞然。挂油田。中外运，
质超前。筑高层，包运客，废盐滩。

钢结构，遇高难，显精尖。千钧冲，
一肩担。越十年，乘彩舫，靓长安。

名药号，净洁间。客争观。综布线，
画津湾。仅三言，多见谅，概难全。

如梦令·同老赵水上公园观睡莲

水上东湖莲睡。主教临风争媚。
醉卧弄红鳞，波影鸳鸯尤戏。
簪佩，簪佩，无语夕霞天际。

庚寅年秋。

忆王孙·同赵、张、万游恭王府

彤轩紫柱臭朱门。万贯蝠池使绝尘。
独乐亭台不见君。散纤云，换了人间毓辅仁。

点绛唇·和漱玉韵

菡萏香塘，田田贮隐牵丝缕。
燕梁来去。剪断润桐雨。
一水盈盈，只剩涟漪绪。
空伫处，畅观丛树，独对同行路。

丁酉年夏，怀旧。

相见欢

花裙信手牵搓。帽敧捯，临镜翘腰抻领眼斜波。
频翻照，心烦了，意多多。掷冕甩鞋叮当小蛮魔。

丁酉年春，可欣两岁半，穿新衣照镜态。

减字木兰花·寒梅

送老万。

独著风雨，无奈尽寒磨折苦。
伫久伤神，洁白谁怜清瘦人。
孤香耿立，笛诉梦回呼静翁。
明月知心，云破弄花蘸泪襟。

八声甘州·七十自寿

弃千珍九酝烂琼筵，善饮古稀欢。
忆蹉跎岁月，光焰几许，无那云烟。
卿授三痴黑帽，谈笑小窗轩。
两袖东风满，桂倚星团。

花甲归休自乐，拜仙君殿宇，浪卷狂颠。
记蓬山万里，寻觅意留连。
越仁年、可心女到，享天伦、竟是与孙旋。
连呼酒、任廉颇老，总是先干。

鹧鸪天·谒杜甫草堂感

溪畔茅屋漏雨潺，浣花水静墨池寒。
翠竹化作秋风笔，丽韵垂成冷月轩。
诗仙句，品圣言。惊人泣鬼断肠篇。
沾襟写尽黎民苦，江水东流未解颜。

雨霖铃

丁酉冬。

廊桥昏割，并钟楼侧，绿柳堪折。

芳卿脉脉无语，任心一寸，成千丝结。

独悦君兮觉否？怕情话难说，蔓草草、

遗恨天涯，剪断香魂痛肝沸。

当秋卧病音尘绝。忆难忘、赏"晓风残月"。

经年偶见还别。追旧处、梦中相谒。

四十余年，应是、凝思苦念非歇。

便纵有，惊世新词，未赋芙蓉愀。

词 · 卷三

忆秦娥

警醒危机，不懈追求，天安转机。

沉吟处。凄风厉雨穷途路。

穷途路，空余四壁，盼天无语。

忽如一夜春风度。陶华梳竹昭苏育。

昭苏育，花间不谢，碧云庭树。

己丑年秋。

临江仙·贺天安诗集出版

槐荚霜林含韵味，翻吟漫有诗情。

风急疑是聚千樱，比排声韵细，律吕语辞精。

真水非香香万世。蔷薇小草神清。

醉时信手两行惊，醒来无是处，坐冷十年成。

庚寅年十月。

江城子

少年稳重老何狂，拼烟香，浅醇浆。
玉俎鲜珍，蜜脯可微尝。
雨后明前新茗翠，添素果，慢煲汤。

劝君遇事莫张扬，俭衣食，慎舌簧。
耐久人情，宠辱不惊慌。
亘古悠悠水自去，宜放下，贵平常。

　　　　　　　辛巳年九月，养生，和万凤琴。

菩萨蛮

岚云枕石珠泉顾。
红崖尽染青峡谷。
柳蘸板桥霜，菊带秋雨香。
苔崖添龙凤，羽化蝶三弄。
客去依亭空，轻风鹊语中。

庚寅年八月，同万凤琴、张美英、淑
兰淑英，游云台山。

浣溪沙·咏菊

瑟瑟秋风窈窕姿，黄金豪甲带新诗。
寒霜吊打有谁知。
任是华芳妍百日，和嫌珪月照千枝。
茱萸载酒恰逢时。

　　　　　　　　　　壬辰年秋。

卜算子·咏梅

疏影逗残园，合雪冰魂绞。
寂寞寒窗独自愁，紫萼横枝傲。
烂漫暗轻香，不讨蝴蜂笑。
三友凌风对月眠。只待迎春晓。

　　　　　　　　　　壬辰年正月。

蝶恋花·贺德臣新婚

喜语爆竹生耳畔。桂子三秋，谢女檀郎伴。
圣殿高堂盟誓愿。芙蓉初日并蒂绚。
连理枝头比翼燕。携子与君，佳耦亲无间。
锦瑟年华长互勉。当家料得柴盐面。

鹧鸪天

敧峭山花万点红。含芳脉脉霭云中。
相于洇露山川在，取次荧光日月同。
枝碧玉，萼黄绒。仙肌靓影郁葱葱。
百花不耐高寒处，独领梅松凛冽风。

癸巳年五月，鲁朗杜鹃花。

三字令

丁酉尽，贺戌年，饕肴筵。孙献寿，
竞喧阗。灿荧屏，簪翠钿，细腰蛮。

梅老色，杏娇妍，个怡然。倾桂酒，
觅诗仙。寄枝春，催就木，待冰澜。

丁酉年除夕。吾入稀龄。

鹧鸪天

足迹年来遍五洲。新城古堡草青幽。
眉开塞水霞光烂，身入俄山雪域侔。
争眺望，竞凝眸。东风妩媚西风酬。
海国图志空遗恨，云罅洋流沐小球。

赞陈镇、宝英几年来，足迹遍及中外。

鹧鸪天

三水巴州汇栖鸾，惊天大佛坐崖磐。
青莲妙像慈传法，满月尊容善授安。
尝酷暑，耐严寒。人间阅尽盛衰颜。
旷怡尔雅东坡语，烟雨一蓑杖入山。

丁酉年谒乐山大佛。

鹧鸪天

烟柳泉城半掩湖，趵突若醴落砂壶。
稼轩醉酒推松去，漱玉泼茶笑婿输。
亭历下，铁公庐。仙盘圣盏对鸿儒。
兰和涟漪荷根鹭，又是斜阳水上浮。

丁酉年，济南。

鹧鸪天

浅树红云探浦沙，烟枝瘦影破嫩芽。
庄庄春瓮琼浆满，户户索园贡菜嘉。
依古驿，两娇娃。唯耕唯读可心丫。
苦丰甘匮寻常事，只待梧桐凤落家。

戊戌年春，河西务运河畔桃柳堤。

沁园春

首驿津门，古字赢西，水陆辐邻。
正商行贾坐，耕桑划菽。
春风河绿，冬雪棚氩。
笛曲梁云，球旋馆内，一派人间气象淳。
今如此，便劳筋意满，伴月锄新。

常呻往日烟痕，任无数悲欢太息吞。
昔黄沙疾骤，鼻眸切恨，泥泞滋滞，股脚粘辛。
辘井三分，侵苔二苦，剩此清泉煮黍菌。
随年去，尽田畴玉润，燕舞蝶频。

戊戌年三月十一，河西务。

苏幕遮·青城山

翠微腰，青嶂骨。紫府参差，阙磬升云雾。
鹤氅飘然香未阻。峭壁悬藤，绣岭幽兰素。

觅丹梯，寻药目。最恨神灯，不照长生路。
蓬海麻姑终慧悟。阅世滋浊。万斛岷江去。

八声甘州

正钟声震远，话当年、凌云霸残嵘。
尽雕池侈宇，为宫木渎，浣素娇萦。
脂粉廊鸳展响，废政堕淫声。
巢入文陶白，腻水东行。

月照吴宫丹桂，便琴台享用，莲社光莹。
怅菱歌依旧，箭径放蝉鸣。
鼎缘香，辩兴衰事，子知乎、巷陌小茶亭。
连呼友，去枫桥畔，觉法心平。

　　　　乙丑年，同李林登灵岩山后谒寒山寺。步梦窗韵。

少年游·渔阳独乐寺

渔州独乐手花香。独乐念慈航。
于天独乐，琼楼瓦冻，壤独乐骄阳。

湖寒浦草伤心碧，独乐断枯肠。
独乐粘滓，岚云孤漫，独乐泪千行。

词·卷四

梦江南（七首）

蓉城好，霭雾漫空游。锦里灯花粘贾客，
浣溪羌管绕歌喉。梦断古巴州。

东湖好，柳蘸碧波摇。泽畔行吟怀独醒，
珞珈樱秀敛天娇。鹤驭楚风骚。

春城好，傣月涌滇池。七彩波光浮画鹢，
大观楼影妙联垂。梦唤髯翁回。

漓江好，靓水秀峰回。玉女梳妆帘瀑落，
竹排三姐倾歌迷。一对一灵犀。

江南梦，最念窨农家。烟火柴扉茶黍酒，
梯田泥腿稻桑麻。矬屋守三丫。

江南好，常忆是苏州。窄巷小桥抽晚翠，
吴侬靓女抱琴忧。得月十三楼。

江南好，两度泥匡庐。翠带迷云牵素练，
香炉瀑雪入笺图。五老有还无。

采桑子

情幽惠谷吴琴咽，吊影惭魂，掩抑伶辛。
一句低吟一转身。
寒泉坠月无欢绪，旧曲崇闻，白首沾巾。
弦断奈何水逝奔。

同学会，宝生言及"二泉映月"曲，感怀。

长相思

朗诵声，礼鼎声。
稚子泥顽姊慧明。浑然入梦萦。
羡柳菁，响翠菁，风雨如磐岁月嵘。
难忘把臂情。

忆益民小学，同学少年。

长相思·济南

趵突流，漱玉流。
北馆渠边柳岸头。黄鹂低语啾。
细雨悠，凤煮悠。
潭底涓涓去不休。历泉哪载愁。

梦江南

宁园忆，暗柳倚凉亭。
手捻花芯留韵味，鸦窥翠翘恼心情。
起翼向西行。

唐多令·咏荷

云锦满园窘，霞标香远邻。
落红妆、戏哺鱼禽。
骤雨凄风烦素客，青团举、护鸳衾。

霜后忍寒浸，秋飙乱甩襟。
拗莲蓬、瘦尽石金。
月夜无眠浑弄影，寻常是、苦连心。

采桑子

宝生微信，传鹀鹈鸟舞于湖泽，姿态优美，感而记之。

兰波紫草涟漪逗，鹀鹈娇盈，白雪披青。
嬉戏骈鸾比翼情。
凭弦俯仰探戈式，飞燕羞惊，九变云行。
舞辈三年不废耕。

念奴娇·乘高铁西藏行

白龙穿域，阅难尽、琼岭冰川苍僻。
圣错鳞鳞，冲横势、波撼高源雪崒。
历马昆仑，祥鹅玉阙，自在云尘客。
悠然个各，竟忘今夕何夕。

遥想公主当年，大昭耘释发。甥碑唐佛，
斗转星移，便而今、囊玛歌声吉。
俯地焚香，倾莲花喻法，复为金石。
皆空门慧，世根泥净烟息。

鹧鸪天·纪念七七事变

晓月芦沟草木青，桑乾漱玉静怡宁。
扶犁撒网三觞酒，倭魅阴声一燹醒。
狮眦裂，血桥凝。九州泣耻虎填膺。
靡躯叱吒风云泪，酒莫河川碧水平。

浣溪沙·赠大钧兄

冰解泉涓漱石流，池塘映日淡烟柔，殷红锦树果平收。
天阔云闲扶日月，山高翼迅俯春秋，一蓑风雨嫁渔舟。

忆故人

闭牖推娥，诉与谁，酒醒过、情依笃。
灵丹衔去百结心，后羿何其苦。
牛织年年恋浦，胜人间、朝朝暮暮。
东风尚在，紫陌犹存，伊人哪处。

忆故人

旧柳新蝉，破梦馨，毕竟是、团圆愿。
沉思念友续尘缘，只觉星辰见。
辘轳时光瞬转，悲霜眉、迎风泪眼。
寒梅不倦，燕子弥勤，经年一面。

鹊桥仙·七十有一自寿

惆春向晚，霞光瘦暮，又是穿华燕语。
海棠落尽却飞花，搅无数、人间飐絮。
忘机沽上，乘肩孙女，善饮廉颇意趣。
赢得愚智任倏然，蕴白发、词林碧路。

鹊桥仙·寿忠生兄七十有二

云藏溽暑，空蝉响树，仲夏珠荷暗度。
小轩自比广寒宫，任阳舞、窗帘笑语。
金风欲下，躯车觅路，有约天涯浣沐。
丹枫烂漫入南山，弃俗物、清风逐去。

行香子·蜜蜂

一室迷宫，百卉丛中。故穿花、朝露随风。
凝神蕊粉，结队黄茸。尽去归来，礼归主，蜜归童。
十分春色，几遇凶蜂，俱无惊、与子雌雄。
冲矛断腹，玉碎凌空。镇梨心酸，莲心苦，杏心同。

鹊踏枝

过翼时光秋又转，耄矣明君，贯享金风暖。
且喜今朝赢胄健，欣然无恙古来罕。
白露十分凉做伴，不倦青松，紫鹤夕阳漫。
争妒春容枫弥婉，一枝篱畔清香散。

戊戌年八月初四，喜寿大钧兄。

采桑子

秋风摇曳梧桐瘦，月扫长空，
叶老霜洪，耿耿银河饮恨浓。
无情破镜圆缺复，总换阴容。
试问天宫？可为娇童划病虫。

戊戌年中秋，可欣感冒。

风入松

坐荫庭院感秋风，霜剪桂芳容。
梁间紫燕翩然去，萧萧过、柳摆迷矇。
两袂腥腥滋露，三弦猎猎凭空。

宵托幻梦乱千重，独自夜灯中。
天涯咫尺寻人面，隔沽水、恰似尘穹。
衣带时频移眼，幽阶伫立湿瞳。

浣溪沙·2019 年元旦

鸳瓦当鸣带韵浓，小楼酌酒意添胸，始知对句乐无穷。
目睹拙文情入网，相呼佳日鹊出笼，停云落月待春风。

蝶恋花

道韫因风扬密絮，一夜飞琼。
疏影横斜舞，洒落城厢尘入圃，馀香撬牖亲翁妪。
若使惠连茶几许，最爱璇花，映我窗前谱。
不羡天香鸣凤羽，清风朗月粘书屋。

己亥年正月初八，雪。

如梦令·和凤琴建校恨

校屋陋残苔藓，颠沛杏桃浮苑。
入室本无邪，怎奈一劫根划。
根划，根划，古道紫芳肠断。

调笑令

（一）

明月，明月。烂窥南窗古箧。
灯残白发愁吟，铿金刻玉苦襟。
襟苦，襟苦，赋得珠玑韵语。

（二）

瑶月，瑶月，寂寞冰魂独咽。
姮娥雪鬓忽惊，纤云不管羿冥。
冥羿，冥羿，抱膝灯前愦愦。

（三）题福琴海南照

南海，南海，避雪天涯焕彩。
婀娜漫步金沙，椰林碧屿景佳，
佳景，佳景，燕雁霞中酹酹。

鹧鸪天·赞河西务变迁

月影鸡鸣扮锦城，南衢直府北畿京。
田家傍水棚繁里，木叶围村鹤寿营。
禾粒饱，韭蔬清。欣唯二女网昆蜻。
阶前枣树堪摇落，一曲活渠碧澈莹。

一剪梅

秋思，和凤琴。

月透疏窗一梦难，午夜披襟，万里情源。
梧桐凤宿叶霜风，剪就罗裙，一片心寒。

艺苑黄花绿尊前，子顾俞琴，绪语丝缠。
嘶蝉醉柳碧伤魂，多恨秋云，不管音传。

一剪梅

我携可欣游宁园。

碧柳几台映半池，阃净花颜，一束娇枝。
衔亭九曲绕阿谁，北路南寻，莞尔嬉迷。

乱叶清风拂袂诗，索句宁园，苦捻鬓丝。
波光塔影动神思，冉冉轻盈，坐睹云飞。

一剪梅·送给可唯

辟地嶙嶙居畅楼，雪夜馨融，避暑优游。
兰梅刺客溢厅悠，女偶摸针，再就思收。

乐起蛮腰节奏流，和唱咿咿，摆臂舒柔。
翁婆贵宝弄饴筹，一可文华，二可兜鍪。

一剪梅·柳

故旧楼台翠缕偎，倒影波痕，舞曳歌陪。
阑桥九曲寄阿谁，北路南津，问取蔷薇。

石砌还留屐印泥，燕去楼空，只剩题诗。
和荷映日并娇痴，对饮清风，不管相思。

词·卷五

一枝春

景德镇瓷板画，梅。

萼点邻窗，子知乎、满屋传春消息。
江南陆凯，独寄一枝襟意。
含芳偃月，雪三友、碧堂标室。
书万卷、云际天涯，换丹骨脱胎日。

多情暗香缄默。隔尘埃、处士孤山蓑笠。
罗浮梦断，轮涌拂笺亲昵。
檀心引竹，双鹊噪午鸣声急，庭四季、
索笑新诗。韵诗律奕。

鹊桥仙·庭院海棠

窗前点染，吟诗寒食，未吐芳心梦境。
尽夺梅魂废桃夭，闹庭院、馨香秀影。

垂丝斗艳，喧和半月，雨便欺花曲径。
销得白发杖遗厢，便呼酒、斜阳一倩。

点绛唇·桃花堤赏桃花

探水芳心，香梢一指春风笑。
女萝枝窈，醉面酡颜了。
愿遣清流，又怕渔郎恼。
人影照，树融和巧，著意霞光好。

点绛唇·兰

楚配国香，孤高屈子三春恃。
露清沙洗，汝自芳心碧。
见识琴台，翠羽群贤炽。
翻云季，李桃争沸，独醒襟依紫。

渔家傲

己亥正月，金钢桥下渔父。

三岔虹桥横弊橹，星星岸火舣蓬主。
跳板生涯添细雨，盟鸥鹭。渔舟醉宿凭寒暑。
白鲤青蚨归已暮，一轮皎月长相顾。
相顾无言尊对烛，堪醒处，风波又带蓑衣去。

竹枝词

　　吾平淡生涯，于兹虚度七十余载。每忆，年幼散慢，洼野狂颠。捉蜓扑蛙，乐而不疲。稍长趋稳。在学十年，中道无成。遭遇一劫，随入匠行。尚不足五年，天之厚我，恩师提携，小试牛刀，奋力工作，未曾息闲。后领众贤，略有事成。退休归来，九州行旅，三山五岳，东北西南。孙女问世，即未出门，含饴弄孙，怡养天年。长忆往昔，吟诗填词。赋成竹枝词廿首，以备时念，不忘旧情。

（一）戊子年四月，余出生

四月池塘百鸟翔，朝来镜影育婴堂。
娇娃落地征璋喜，展眉海棠送雨香。

（二）天津解放

漠漠重云入骨寒，洞拥委曲一家团。
依慈共享隆隆炮，九脉冰销化碧澜。

（三）祖籍探亲

祖籍疏篱滋味香，清渠一曲带农忙。
无闲牍马斜阳挂，稚子调皮逗小羊。

（四）无邪贪玩

后街扉开蹿小郎，偷邀三五友行藏。
沟渠黍草谁为主，满手红蜓绿螳螂。

（五）深感母恩

炎风素雪夜灯明，儿女衣衿线自行。
指节恒弯原忍痛，全维吾辈暖和荣。

（六）益民小学

益民小院柳婀娜，南面书声北面歌。
宁神静待钟敲响，鸟雀翻然奔野坡。

（七）引游宁园

小径沿河板桥横，爷随拄杖且徐行。
门前石兽迎童祖，爱竹欣荷走一程。

（八）卅五中学

校里嚼书外噪蛙，莘莘学子腹肠爬。
常剜苣菜和梗煮，且喜眼前尽麦花。

（九）中专建校

被唤残阳校野中，焚书废笔信愚蒙。
轻云万里红楼梦，宝玉从来不苟同。

（十）感念父恩

春风化雨润桃李，桃李不言自踏蹊。
对饮清贫餐素月，将雏绰约弃沾泥。

（十一）新开河水

新开水绿夜潮升，两岸渔夫日弄罾。
旱桥鼎沸清滋铺，岸柳堤坡翠黛凝。

（十二）感知师恩

雏凤前程未可知，玉堂荐指碧桐枝。
破云便上青天去，回首衔环奉吾师。

（十三）遗情宁园

巡廊九曲雨方晴，画就烟笼洗柳容。
众本蒂莲鱼蠢动，一枝芳菊蝶迷晴。

（十四）遗情宁园

旧路徐行耳畔莺，分明翠柳鸣芳卿。
绿荫处处人不见，一点孤花尚有情。

（十五）黄果树瀑布

八山一水一分田，白浦滩头落碧渊。
飞瀑玉龙依绝壁，奔崖入画赛狂狷。

（十六）版纳植物园

几树几花几果香，观音妙手未可详。
景龙绣面千崖锦，梦赘潘郎孔雀乡。

（十七）海南博鳌

琼州博鳌汇三澜，界破泉咸绺一滩。
落地金椰忔贵客，沾沙翠柳窅清坛。

（十八）小沈阳小品

有悟人生一瞬缘，戏言开闭只宜嗎。
觉知不晓明天事，且唱今宵艳艳篇。

（十九）自知

独爱竹青水自流，无修佛缘却忘愁。
虚心点化诗非尽，头与云平视九州。

（二十）自知

昏花老眼伴孤灯，尚有痴心觅墨绳。
选韵搜辞频炼句，清心瑞脑胜门僧。

鹧鸪天·长白山峡

浮石摩天探仄盈，涛奔罅谷响松声。
树蛙一跃东珠隐，乌草层铺鬼盖①横。
溪水暗，俊崖清。青山自古递神行。
纳兰拂卷忧思惘，顺治刻石久约②情。

注：①鬼盖，人参别称。
②久约，相约久久，顺治长白山无字碑。

玉蝴蝶（慢调）

玉露饰裳秋袅，机丝杼女，芳意衰丛。
淡月烟霄，河水带梦流空。
鹊知涸，三更细雨，谁解冷、一夜寒风。
日匆匆。不关他事，云自西东。

萧荣。枫红未扫，绚妍黄菊，莫可休衷。
折水为珠，藕花飘落见心蓬。
念长天、相思难尽，指心头、怨黛无穷。
饮醇酿。断鸿声里，独立凝瞳。

江南春·桂林阳朔两首

（一）

青翠带，碧莹簪。
丘峰欣约唱，潘谢富添忱。
"干栏"金石江寥廓，波起清潭酡面含。

（二）

滋漱玉，碧莲空。
排筏鸬上下，榕侧坐渔翁。
桃园如引漓江水，陶令东篱抛酒盅。

注：干栏：壮族人的大木房。

梦江南·怀人

（一）

芳去也，芳去梦偏频。
旧日萦怀多笑语，
幽窗漫结苦吟呻，酡面对黄昏。

（二）

芳去也，芳去燕空楼。
十八春逢言恨少，
七千日冷悔无邮，水带殢人流。

（三）

芳去也，芳去渺无踪。
寥落半生诗百首，
长亭一曲酒千盅，醉却怨东风。

（四）

芳何在，芳在梦柯南。
月夜凝思蚩噪树，
梧桐滴砌雨鸳檐，到晓一还三。

蝶恋花·呼伦贝尔

广莫雕盘凭四远，碱草风清，点点牛羊倩。
九曲绕云虹双练，平垠全泥苍穹绾。
金帐也曾天马旋，一代英雄，弯月为弓箭。
牧外如今丹鹤恋，敖包白桦星云晚。

画堂春

可欣初去幼儿园不适常哭。

惊蛰动鼓惠风媛。可欣鹊舞初旋。
轻寒瘦影畏伤鬈，惴惴襟潸。
恋树花骨并箪，东君漫把心宽。
问渠何日换新颜，绽放怡然。

点绛唇·初春

冰解春容，芦尖顶破余寒散。
丽晴新暖，岸柳清梢婉。
借问来鸿，可有天涯简。
空伫盼，鹊飞云远，杏困黄昏见。

醉花间

山无梦，水无梦，无梦销魂痛。
常恨浦离痴，蔓草连襟送。
莺啼窗柳动，雁采南国种，
殷勤数绛珠，直教心头重。

江城子（双调）

与王志南同游焦山。

观澜极目碧浮江，翠茵妆，砥中昂。
焦光弃诏，宁直药渔乡。
问瘗鹤铭书那个，留墨骨，领风光。

七级佛塔惠桅樯。抵夷王，炮汪洋。
谢棋运策，红玉鼓声扬。
曾几番波头怒卷，山对海，海依狂。

梦江南 · 泳

人何在，人在广瑶池。白玉初浮波弄影，
文君熨底浪生姿，鸥鹭两忘机。

梦江南（二首）

琴何在，琴在舞功班。飞燕达欢均步节，
兴龙反转绣腰翩，仿佛是昨天。

琴何在，琴在月明中。流水高山心合叠，
阳春白雪曲相融。桂影且冥蒙。

如梦令

丙子年秋。

秋韵贾楼罗纻 。芳影鬓钗旋目。
蓦的一相逢，却又伫咽无语。
凄楚，凄楚，直此梦萦来去。

菩萨蛮

柳清鹂语催寒食。
银梨一片花狼藉。
褪病恼春风，鸣条和不容。

枝头常恨瘦，吾亦衣宽久。
懒向镜边移，凭听笼雀吱。

江城子·记梦木渎

穷幽绣绝雅香溪。靓清姿，二三闺。
拱桥流水，娘橹渎推漪。
岸柳绦遮吴弄语，忺蹑履，奉阿弥。

云烟残霸浣纱姨。树依葳，野平垂。
三园客涌，石路觅藏奇。
正欲遍游松竹圃，多事鹊，梦惊回。

注：阿弥，吴语乌米也。

采桑子·天山天池

石门赐梦云杉碧，浴日瑶池。
伴月兰漪，突兀灵山蕴笔思。

天湖洗墨皴涂尽，绘罢千奇。
未及三枝，弃浦祥云不肯回。

画堂春·海棠

匆匆燕带社来飘，霏霏细雨香消。
断肠时节玉簪凋，谁品春妖。
独自琼枝影瘦，芳心万里云梢。
烟愁掩碧一啼鸲，幽梦朝朝。

南乡子·己亥清明

百卉听风，潸然桃李半愁容。
锦艳年年斓五彩。
休赖，怎奈崔郎春不再。

浪淘沙·忆苏堤游

烟缕六桥弦。束浦波田。
徽因靓影港鱼观。
黛隐南屏临万亩，夕日红峦。

犹忆八年前。西子湖边。
柳枝催入画楼船。
酽入三潭悲白发，梅鹤孤山。

浪淘沙·秦淮河

旧日杜吟成，烟笼澜澄，珠帘十里画船莹，
自古秦淮多恨水，白鹭渔声。

巷口燕迷惊，金屋无屏。红尘紫陌谢王盈，
拂柳敏楼黎庶梦。一睹云生。

江城子·崂山

鳌山傍海枕东洋。镜岩光，碧庵妆。
松花古道，烟竹点苍茫。
熠熠野梅馨入袂，青欲院，散书香。

明霞通密九宫昌。道玄黄，骨仙乡。
止天骄弑，灵瑞润楼堂。
钟响翠薇声送鹤，山石呖，海云翔。

江城子·喀纳斯湖

冰川刃脊汇珠泉。冷湖渊，翠杉繁。
五番色变，裂涌卧龙湾。
一路琴高盘日月，滋野润，绿芳澜。

亭台迢递峻岚烟。草连天，骥摇膻。
黄昏木屋，图瓦话当年。
绝代可汗沉碧壑，怀此恨，寄残潜。

满庭芳·柳

春草池塘，苑条垂地，倒影频入涟漪。
缕依风动，裁叶见鸣鹂。
无限尘心袅袅，石桥外、曾共斜晖。
蛮腰舞，轻声软语，幽径绿荫迷。

凝思。风带尽，丝丝绾绕，系向桃姬。
小枝拂啼莺，离恨谁知？
烟淡芳蹊碧远，回首处、陌有屐泥。
愁襟满，天涯梦断，又是夕阳西。

解佩令·旧海河租界

九梢原静，九夷舰横，直划开、
盐关南甸。五陌洋房，入主教、
辟传西圣，隐遗臣、巨商客影。

东君收定，风流卓领，掌平翻、
执千秋柄。剩有渔竿，塔绾云、
旧瞰租径，夕阳矬，砌残凋冥。

冥，读上声。

蝶恋花·耳王庄锤钓

秋水涵漪塘潋滟，村隐炊烟，坎陌腥滋淡。
翻没波痕霜鳞闪，二三钓侣襟房泛。

无奈滥竿鸳乱点。玉尾惊君，争是君惊鲌？
篓簀升来清水湛，面和夕挂颜同染。

踏莎行·峨眉茶

古寺松鳞，峨眉涧水，
蝉声倚树芳芽佩。
清泉茗笋不浑肠，
留君细啜空灵否？

竹静茅蓌，瓯洁乳翠，
三杯吻润多诗思。
和风碾碎一壶春。
尘心洗尽云无际。

苏幕遮·己亥端五

艾兰滋，榴蕊吐，竞渡龙舟。
沽上莺啼语，岸柳薰风蒲酒馥。
原本弗忧，争奈偏生毒。

网蛛丝，蛇食卒，天问无回。
雷后云来去，徐看河山凭曙暮。
渔父摇歌，独屈平鱼腹。

寿楼春

九日悼慈逝世十五周年祭。

裁秋魂凄凉。

咽蛩衰草碧，揉尽幽芳。

冷柳粘烟缺月，照人心伤。

妍菊又，紫萸彰，九日何、登高无望。

十五载悲怆，容颜梦影，唯有泪千行。

莲心苦，蚕丝长。

把雏娇婆爱，含口疑汤。

漫怼霜风厉雨，恐侵皮疡。

霄摘桂，鱼游江。

算是谁、仁贤慈祥。

一生瘁神劬，戚戚绾子肝断肠。

点绛唇・蛩

新月迷檐，笼灯络纬园根语。
独抒情绪，阶砌收风露。

鸣誓丹青，为偶拔山去。
悲泥屋，鼎千钧巨，铜目云间数。

小重山・蜻蜓

三载兹波幼蚕生，少闲完廓梦，
苦丁丁。一天羽化舞霄庭，
塘荷立，拂柳带薰萍。

薄翼碧神晴，蚊蝇悲自泣，草皆兵。
儿童呼唤款娉婷。曾相识，凝伫望云行。

词 · 卷六

鹊桥仙·月夜

庚楼琴曲，幽兰独秀，伊结尘缘宇净。
题诗白壁索眉频，解茗困，搜辞烛秉。
蝉脱壤外，蛮吟瓷内，铁笛得吹新咏。
任它食淡也甘饴，此月夜，云平籁静。

浣溪沙

四岁可欣，九十六岁外太祖母同游摩天轮和大悲院广场。

寺院摩天火树重，可欣鹤寿解颐容，任娇啼索秀灯笼。
一酌春波知水味，三承碧海色即空。归来闲话白云东。

减兰

己亥年四月初七，小学同学会宁园，赋此。

湖光苑景，拂柳舒莺匝小径。
履叩回廊，十子盘鸥话旧肠。
酌云就酴，一醉刘郎千载竹。
白首煎茶，款款陶陶恋夕霞。

鹊桥仙

盖己亥六月初一，是日即福琴初度，赋此贺。

清荷碧水，临风舞燕，六月荫凉去处。
城厢自有益琴斋；享退岁、南窗晓曙。
尊中鸭绿，膝前虎雅，鹤羽云飞漫许。
标松玉骨度春秋，炼宝月、天行健姬。

减字木兰花·初夏

雨肥新绿，榴脂喷红纤直炬。
乳燕初飞，细剪差池羽弄姿。
欣欣广绰，争爱鱼龙鸥鹭约。
凤老莺盈，共睹斜阳晓烁星。

临江仙·贺岳慈九十有六寿

五月芳林闻鹊语。
丁宁竹绿松繁，九福六转月团圆。
南山东海，百度鹤槎仙。

夏令兰滋疴逐去。
添筹且喜馀欢，椿龄未及比慈颜。
连呼醴酒，四室话尘缘。

菩萨蛮

池塘岸柳牵芳草，游云那管旋孤鸟。
何处觅汀洲，梦痕淹不留。
任东风剪尽，四十番春信。
凝恨密无穷，奈何流水东。

荷叶杯

和繁荣兄，夜游平遥古城。随奔新疆。

鹤侣平遥城下，宵夜。
灯火射云楼，轻裾文庙舞龙游，长袖未曾休。
镂瓦刻檐邀月，惆别。
争奔雅丹崖，黄河如带向天开，翁妪自东来。

好事近·海河夏夜

灯火映河桥，彩鹚戏翻波月。
楼宇插云无数，剩马龙车沸。
袁家栋府旧宅邸，参差影无歇。
酌酒竹旁藤下，细耳渔翁曰。

欸乃曲

海河相融天养涯，寒来暑往鹭眠沙。
同行柳岸听船曲，钓雪披蓑欸乃斜。

南乡一剪梅·同学会

春日暖轻寒，小草芳华取次看。
有信东风粘蜜意，桃也无言，李也无言。
金石布衣欢。始识兰心不改鲜。
绿竹疏梅能饮否，无酒酡颜，有酒酡颜。

鹊桥仙·七夕

用少游韵。

银河一巧，奈何七夕，重见今年鹊路。
相思了却逸风流，便遭至、人间妒慕。
梁通天堑，廊桥阻梦，谁管离魂飞渡。
东行碧水送枫书，独明月、如期不负。

临江仙·中秋十六

河海辰清楼影淑，
万家灯火杯盘，幽香菡萏阖田田。
瘦筇犹尚劲，幼菊亦馀欢。

好月今宵秋一半，深深小院团圆。
无鱼免醴数星斑。
迢迢银汉意，牛织顾人间。

玉蝴蝶

日晦暗粘香岛，楼高冷雨，凌落荣颜。
历乱秋风，催却节变难安。
竹林院、一尘不染，清水湾、万顷狂澜。
剩烟寒，满城枫叶，谁扫红丹。

潜然。悬金万贾，辐条连宇，一旦窝旋。
孤月当空，缺多圆少奈何天，搅回肠、
珠荷韡裂，留恨意、紫碧凋零，梦归缘。
夕阳西去，是与云平。

沁园春·溽暑

炽日旋天，河沸炎风，烈景郁蒸。
尽环炉尘地，焦卷草木，
蚊虻不食，鸡犬无鸣。
蝉喘枝窝，黄鹂叶底，俱恨苍垠任性行。
凭谁与，倾碧云雷电，瑞雨飘横。

球温赖此饕兄。奈倒秽翻污海泛腥。
致江湖涴浊，空融霾贯，
镭磁辐射，罄竹难名。
骑鹤缠腰，迟龟锦背，怎管沙田陋室丁。
挥之去，待青山绿水，何日清明。

采桑子·鸥

沧洲羽客曾相识，雪润归行。
一破春屏，胜似梅花落砌英。

寻寻觅觅云霞谱，信伯琴崩，
抱柱登坪，酡面斜阳不作声。

浣溪沙·蜗牛

石浅浦深闭门闲，簪悬钗羡柳枝蝉。
诗书不弃吐香涎。
巧燕遗文惊素女，愚螺慢语话箕官。
积丝累寸上藤巅。

蝶恋花

昨夜东风趋暑去，榻簟轻凉，几日敲檐雨，
总把烟沉凭月楚。水长天远渔摇橹。
荷紫虫鸣添韵谱。唤醒痴郎，拾起霞光炷。
秋色秋声渊几许，原来深浅人心贮。

浣溪沙·利奇马台风擦津而过

怒卷蛟龙尾扫沽，长风解事润新芙。
凉生枕玉小楼舒。
燕剪云烟无限爽，鹂啭翠叶有和愉。
人人梦怨素笺无。

唐多令

杨柳起秋声，衔来促织鸣。
旧浦边、燕剪檐铃。
掬就芳华人不见，流恨水，结愁亭。

红叶远连晴，征鸿万里行。
终不携、一寸壶冰。
月影花枝空入梦，漫长是，汉河星。

浪淘沙·暮年

秋暮漫凄霜，菊老荷苍，风梳半翠对残阳。
霖滴井桐悲草木，又是橙黄。
白发淡心肠，流水茫茫，猴魁七盏腋风凉。
二里歇三筇胜马，伫目鱼翔。

浣溪沙

己亥年八月初四，旧友张庞刘万宋董赵聚普天河酒楼。

天淡云闲恋夕霞，金飙卷地暑还家。
茱萸载酒话桑麻。
五十春桃花碧水，二三子白发情娃。
夕阳几度再些些。

浣溪沙·河西务之春

草暖泥融戴燕飞，杜鹃拂晓劝耕司。人欣细雨荷锄犁。
欲吐春畦纤玉菜，源输汉水润香闺。林梢日暮鸟翔归。

浣溪沙·河西务之秋

雨霁风清运水逍，远田人静蟀鸣寥，门前菽圃自横描。
古井禾烟无觅处，宽宅莛步恰当时。南墙羡挂串红椒。

菩萨蛮·农夫

农家历敛田滋味，星耕雨耨春秋累。
炎日赫风吹，暖棚寒不离。
蔬凉蒲草被，菁紫珍盈市。
满目睹心期，后生未可知。

捣练子

听滴雨，望金桐，缈缈追思折柳东。
枯遍九梢痴不改，奈何粘在梦萦中。

词 · 卷七

踏莎行

饮露朝霞，鸣蝉晚月。白云幻画瑶蟾阕。
竹松抱石任寒霜，清风一笛江南阙。
炬苦诗磨，推敲境冶。秋声把韵舒琴悦。
心闲悟彻觉浮沉，苍山碧海渔樵歇。

江城子·忆千山

莲花万叠旧曾谙。
苕鬟簪，碧渊潭。
龙泉寺界，唯有梦忺忺。
思念黛青循日月。
凝蔓草，数归鹣。

太常引·秋思

云楼缺处烂银光。秋色叶含霜。
清籁扫荷香，陋窗寂、星空瞭望。
绕床蟋蟀，悲吟梦断，拾阶薄衫凉。
才疏愧江郎，争无奈、寻思未央。

江城子·忆泉城

依稀历下似兹年。柳思牵，倚泉阑。
和风细雨，鳞戏并妆莲。
灯映涟漪人与月，鸥盟鹭趣有于阗。

太常引·同学会

津沽水暖鸟鸣频，烟淡柳湖滨。
苔阶有遗痕。拾闲日、喧和故人。

依亭傍水，旋思引梦，梁燕弄声勤。
白发不关春，尚几度、斜辉贯云。

江南春·云

扶日月，映山河。
翻奇莹万变，登顶笑峰矬。
倏然来去风流种，烟灭灰飞江夏歌。

行香子·豫园

九曲桥姿，池水潆洄。
鱼游处、漫赏清溪。
玉兰银杏，接叶扶依。
遍绕花廊，凝花秀，赋花诗。

欣亲豫悦，松翠先慈。
算当年、黄浦江西。
九狮布政，五老峰奇。
剩假山石，楼山影，碧山思。

行香子·杭州西湖

江涌横潮，金缕莺陶。
最怡人、银镜云飘。
山间翠竹，曲径遥逍。
看白堤雪，苏堤柳，苕堤妖。

韬光龙井，虎立泉跑。
樟林静、灵隐慈昭。
孤山梅鹤，桂子凌霄。
共涛声碧，钟声韵，夕声迢。

阮郎归·中秋十五

凝云收雨溢清寒，吟蛩独自咽。
碎声灯影渺沉烟；梧桐剪鬓鬟。

娥别恨，桂蒙颜，难消一寸丹。
争说玉兔未情牵，紫霄天外天。

推破浣溪沙·秋柳

淡缕霜来叶有痕。残蝉疏影曳凄呻。
浓露珠垂似啼恨，掩愁云。

送汝长亭帆去远，折枝迁岸酒销魂。
苔藓仅寻君屐印，荡无存。

渔父歌（三阕）

垂岸纶竿映柳烟，玩梳霜发对漪涟。
香饵落，彩漂翻，谁图花鳞钓心闲。

淡定丝悬影直伸，依栏凝伫水滋浑。
鱼潜底，鹭升云，黄昏未遇独清人。

吹散芦花远夕晖，二三霜鹤暮烟归。
竿节劲，齿排稀，烹鱼沽酒话云泥。

喝火令

树卷秋声碧，江涵隼影繁，紫荆花畔豆其然。
釜泣裂襟何急，冷雾一馋言。

百草先零落，千工早蚁旋，海南星斗泪潸潸。
寂寞鱼龙，合涕耻无颜。
白发杳空遗恨，致赋竹斑斑。

南乡子

一夜秋分，陪星把酒静书云。
七十春媒呈万象，回望，碧海昆仑凭月朗。

醉花间·蜜蜂

东西贯，北南贯，尘脚粘花倦。
饥腹蜜熟时，忍顾王孙愿。
随风传粉瓣，映日园红眩。
无知却有知，劳瘁斜阳见。

好事近

黄瘦借清风。亭角觅诗髯捻。
柳摆若牵思绪，了雁云飞别。
菊凋抱茎度霜枝。东篱意难绝。
弃彩笔郎才尽，有蛩声秋月。

浣溪沙

一带津沽碧玉环，东川杜宇北来咽。
丁宁苦语为谁零。
柳絮晓风吹梦断，海棠夜雨滴更残。
相思结恨九梢婵。

鹧鸪天

欹枕犹闻半夜潮，鸡声带露屐轻敲。
寅初丑末炊烟散，东去南行雁影消。

风飒飒，雨潇潇。浮云荒草了无巢。
松姿竹节迎霜雪，待得羲和玉骨娇。

醉花阴·咏梅

五出庚峰倚竹婉。泥月缠云幻。
红晕影横斜，断梦罗浮，卧雪东君羡。
唯吟玉骨冰姿绚。便暗香平远。
莹立百寻崖，艳曲成歌，漠北江南赞。

相见欢·贺炜、男婚庆纪

芙蓉紫菊吉祥，满庭芳，
争是花潭佳偶好逑郎。
戎装秀，携纤手，慨而慷，
一脉青山滋水饮朝阳。

卜算子

友人微信发来昙花一现照。月下摇颤，姿态
夺目。虽刹那之魅力，亦显一瞬之永恒。动
人心魄，特赋之。

月下寄瑶姿，欲醉蝴蝶梦。
翡翠衣裳白玉人，窃夜馨微送。
一品韦陀身，未减江妃痛。
化煞云间别恨魂，银盏清风共。

鹊踏枝

11月17日，《今晚报》摄"落叶"给津城披上色彩斑斓的衣裳，充满诗意，赋之。

萧夜剪霜风绮韵。
金叶声声，敲醒红轮哂。
转瞬缤纷沽沁润，迷踪恋径斓尘尽。

携幼摇空飞锦阵。
拾趣题诗，坡老寻樽酝，
不胜高寒何孤忿，乐偕野陌留霞吻。

锦堂春慢·雪

飞絮寻梅，凝花沁骨，新裁斗巧梨魂。
淡抹琼楼，翩若素萼迷津。
首白六出银卫，不夜城铺迎春。
惬九州梦好，剪水丰囷，禾欲仙云。

始知多情青女，镇冰壶玉尺，量腹陶甄。
霾贯烟涵尘蔽，武垢文菌。
尽裹融泥废疫，运足了、龙搅饕吞。
赖得苍茫散去，一旦山明，几度清纯。

人月圆·寂寞庚子元宵

冠花乱了今宵月，却步运河湾。
不劳相照，垂虹影下，难见娇鬟。

缛灯远缀，断云残雪，圆缺凭天。
独家盘盏，暝蒙巷陌，阑倚逃禅。

钗头凤

放翁一阕"钗头凤"唯显钟情眷恋，于东风不便，遂成
断肠终生曲。此调以降，金元明清鲜有之作，可谓千古
绝唱。愚无知无畏，冒胆赋得一首，以舒予怀也。

春池水，黄莺泪，柳丝牵恨凭伊悔。
桃花蒨，稀人面，影迷窗烛，梦残街幻。
见、见、见。

罗裙碧，怜芳荠，杜鹃啼处烟波蔽。
斜阳远，阑干畔，旧亭空伫，卅年音断。
怨、怨、怨。

南乡子

春

芳草地，杏花天。蕙风流水意长闲。
小立滩头霜鬓角，无丝绕，尽享莺啼穿树杪。

夏

桥彩霓，水云婷。遐观鸥鹭不相惊。
欸乃一声浓岸柳，渔樵酒，座对云楼霞夕透。

秋

寥宇月，抱津湾。秋穿里巷晓清阑。
昨夜寒英依北牖，闲吟口，枫叶荻花云伴走。

冬

盈瑞雪，写梅真，冰魂入梦有馀薰。
疏影横斜催醒悟，广平赋，竹友松朋金石路。

少年游

随风红叶入庭堂，商量好词章。
闲云送雁，杳溟鱼尾，谁管御沟航。
夕阳烟树秋光老，使就月梳杨。
菊酒钟声，瘦藤无语，临牖数星茫。

如梦令

冬冽竹光松秀。春社燕巢泥旧。
江鲤饕失盐，安步寿龟无辕。
何陋，何陋，且喜鹊来鸿又。

阮郎归·杜鹃啼

市声杂遢夜灯明。红楼叫月行。
独登梢上几叮咛，劝君酒尽倾。
陈碧落，晓风泠，丹花血染成。
画眉饕饕锁金图，不如深树鸣。

卜算子·题刘令宇摄昙花夜放

虬翠胫柔荑，耳著明珰雪。
醉舞西施屐响廊，托幻云差月。

美目盼鸾兮，一寸秋波切。
魂冷姿宵瞬觯容，遗恨朝朝歇。

苏幕遮

己亥年初冬。

菊缠簪，枫落木，淡月繁霜。顿觉凉如许，
乍冷无煤衾茧御。天上人间，一例披寒否？

酒温身，阳弃雨，晓暮凭阑，伫盼炉烟竖。
忽报红焰烘铁釜，灼水输流，寸旨初心语。

满庭芳·兰

芬馥三春，轻风槛里，楚辞相识姿盈。
内华英敛，葶直冠花茎。
只解寻常淡雅，谷幽远、无赏依馨。
真君子、蕊滋不浊，瑶蕙熨贞情。

亭亭。欣入室，渔夫甚意？
与世移行。愿香拂衣襟，孤泛独鸣。
骚客吟兮露佩，悠悠矣、君醒君清。
悲秋月、千年犹在，照尽郢山青。

减字木兰花·茶

猴魁抱叶，隐线红丝牵紫阙。
龙井清旗，雀舌喧滋享后闺。
泥壶月静，茉莉醇香窨百姓。
茗圣卢仝，七碗云尘两腋风。

减字木兰花·石榴

楼间茜影，五月如焰临牖映。
浓翠凝红，且让梨棠占社容。
金盘幻术，秋韵盈枝翻锦赋。
玉粒珠丛，心在尘间树杪中。

望海潮·登黄山光明顶

擎天三子，横羞五岳，江南献秀争荣。
东俯碧洋，西睨众笏，千鬟一览云腾。
盘石怪松鸣。啸和万峰翠，浑化江清。
割雾排昏，会都霄汉摘辰星。

飞来峻阪相迎。有三翁选胜，五妪穷峥。
涛荡烟流，人行木杪，幽筇直上光明。
神秀搅魂惊。极目生决眦，仙境迷呈。
弘祖归来誓笔，原弃岱抛衡。

小秦王 · 迎春花

灌丛犀甲迕凌残，丽节端姿引素鸾。
靓黄瑞蕊直欣雅，迎雪冲风偏藐寒。

如梦令

嘱孙女，学无止境。
寒夜月和佣作。窗柳影摇书阁。
穿膝坐藤床，积石塔成云破。
争可，争可，博贯九经双贺。

如梦令 · 枫叶

重染香山林木，偷饮酡容秋暮。
夕照晚回车，霜剪故情谁诉。
凝伫，凝伫，为赋几无华处。

踏莎行·春水

邹律回春，曲尘曳岸，宁园蕊动流香媛。
暖烟翠柳正藏鹏，小桥红谢翩飞燕。
漱玉惊鸥，浮天漫衍，断魂无处波光眩。
东行弱碧本无情，砌台明月知痕践。

采桑子·新月

初魂隐隐姮娥露，玉玦临风，
桂演云容，广黛秋波蜜意浓。
光摇弄影花千树，爽动帘笼。
不让环丰，标致三分胜六宫。

采桑子·绿阴

大沽昨日游尘主，霾雾轻扬，
细雨淬厢。一带薰烟罩梓桑。
青山碧水行天意，桫耸玫芳。
鸥鹭回翔，柳绚蝉鸣送夕阳。

踏莎行·秋思

天淡云闲、菊黄露浥，廿年犹记廊桥夕。
小阑深处有余痕，金风残木惊鸣蟋。
一片秋声，半池莲泣，年年旧景原如识。
绿莎红叶亦翛然，月华河影成回忆。

好事近·茉莉

层玉坠云鬟，苒苒弄裁冰叶。
销尽拂风溽暑。剩孤芳偏洁。
花边破梦兔毫杯，香薰入芽舌。
卢茗沁心诗话，竟不知何辙。

南乡子·闲鸥

雪影九梢头，掠水长堤踏月啾。
潇洒云心东海客，悠悠。得趣忘机情笃柔。
浮碧静闲休，微雨薄烟泛渚州。
邀我觅诗元亮句，穷搜。振羽桃园白衣酬。

齐天乐·酒

召呼明月倾桑落。三人就床商略。
典鹔冰春，金貂换酎，知己刘郎眉笑。
康琼足妙。正离怨东流，破愁神俏。
滴滴濡泉，尽浇块垒润胸膏。

佳期角杯对酌。故人联偶句，千盏尤少。
曲水流觞，兰亭集序，一派芳樽桀骜。
无知夕晓。待鸡叫三声，柳牵蝉噪。
乱絮纷纷，底尘高胃杪。

夜游宫

阁隙斜阳照水。旧痕在、狮桥霞绮。
秋色澄河雁南指。伫多时，渐黄昏，闻笛鹓。

淡月归舟急。问渔叟、几何腥刺？
蓬锁生涯一蓑笠。任波扬，啜醇醨，循世迹。

江南春

桃蕊落，李花荣。
长堤风有信，蹊径尽多情。
青山如故无轻重，云散初晴由月行。

减字木兰花·鹦与蝠

巧喉金屋，净爪绿缡忧独步。
晓月残风，惊梦珠帘槐蚁空。
黄昏蝠聚，迅剪夕霞蚊化土，
幽穴凄凉，颠倒由之海变桑。

浪淘沙

昨夜缀浓云，雨雪横津。
无声碧水饮璇痕。
惟有酒能知绪意，莫弃清樽，
净日立桥滨。憔悴形神。
闲梳白发对黄昏。
频教生涯归散淡，一树梅氤。

清平乐·己亥除夕

三更钟巧，又把今宵了。
腊去春来年不老。胜却顽龙玄鸟。
暖杯摇入屠苏，儿童鹅鸭喧呼。
爆竹无声灯火，滓尘风卷云舒。

清平乐·岳慈九十七寿

鹊扶檐际，漫语催嘉会。
解禁蕙风吹柳翠。唤起千街人沸。
犀杯四辈同觞，姑酬舅献莼芳，
九十七龄慈鹤。丹衣酡面斜阳。

南乡子·夜雨

昨夜灌坛飞，换了荷塘直绿肥。
白羽朱华无一半，凄凄，早有青苞上集西。
珠泪对霜丝，转瞬韶光一抹时。
晓雨联床敲别绪，谁知，惟见檐头滴水痴。

生查子

折柳迹余痕，石径琉璃影。
遗恨久无踪，襟底常凄冷。

春日旧芳华，秋月依稀炯。
纵使再相逢，可识铜中婧。

小重山·荷

月下芙蓉似有思，濂溪渠独赏，又谁知？
滓尘不染远香迟。枝无蔓，终未合时宜。

心苦藕芽饴。绕塘芳草碧，梦犹痴。
一滩鸥鹭肯忘机。凭潮去，净植厌推移。

生查子

秋雨老苹花，燕雁归南浦。
只当是寻常，撩得离人苦。

穿竹月深情，犹照相怜鹣。
心曲百回肠，掩噎檀香许。

人月圆

相逢此夜飞明镜，灯火九霄喧。
春愁瘴缈，秋风亮笛，南曲薰天。

海门车马，裙压彩舫，鸥鹭余欢。
檀郎老矣，邀杯对影，无恙河山。

词·卷八

太常引

杜鹃声里夜更残。草稚不禁寒，
闭户打春安，待润雨、梳尘克酸。

多情碧网，通幽巷陌，应律类生缘。
解冻益苗斓，送灾疫、兰膏照天。

醉花阴

绪雨鸣条旋复兑。百鸟啼愁碧。
哨语似醍醐，罢社哀思，孤梦东风祭。
余寒几许烽烟退。赖白衣劳瘁。
珠泪带梨花，冠疫云消，纸烛然天际。

伤春怨　柳

嫩绿无牵涉。怨笛江云吹彻。
莫道袅丝绦，却把湔裙肠绝。
闭门眉痕结。九九消寒孽。
翠袖免青巡，举大白、邀明月。

一剪梅

梦断龟蛇瘦萼梅。烟锁春江，宅闭香闺。
长悬惴隐索眉梢。一片凝愁，恰似云徊。

同月山川根脉持。融雪和冰，岂能无披。
高树乍响雁声嚓。啸乞清风，铁笛横吹。

苏幕遮

步清真韵，忆廿四年前，丙子九月九日，十六侣登北
京香山赏红叶。

碧炉烟，丹壑树。倍染相思，浮梦双清墅。
俦侣香云花捧露。载酒嬉游，情似粘藤穆。

腊含梅，秋落木。相遇当初，今日归何处。
摇荡人生如叶暮。枫字随波，明月千山路。

望海潮·黄鹤楼

中区秦汉，通衢环宇，轩昂耸峭云平。
舒目楚天，春樱夏菡，秋芦雪寄梅莹。
争泊越樯舲，更虹贯南北，经纬龙腾。
月隐东湖，故人浑废广陵行。

筹春鼎沸江澎。正佳肴万户，妙舞千英。
匆猛疫沉，凄凄蔓草，鹦洲疬疬堪惊。
楼伫向昏冥，巍巍擎国力，疏解苍生。
流水高山一曲，黄鹤再和鸣。

长相思

南丝瓜，北丝瓜，寂寞篱边瘦影纱。
出墙数柳桠。
春望霞，秋望霞，寸寸纤心结网麻。
蔓垂空自嗟。

长相思·寄两孙女

山可莹，水可潆，协月因云合凤鸣。
双乔羽扇轻。
临兰亭，仁江亭，九畹三芝两逸情。
不辞卿惠卿。

青玉案·春水

梨枝点破中钩暮，料应是、春雷毓，
细雨消尘天欲曙。碧侵怀抱，
涨湖涤路，岸草殷勤绿。

樱花曳练三才沐，敛尽罗巾洗滓鹜，
拼教烟残归靓女。泪珠千斛，
可怜鸥鹭，一任云来去。

南歌子·咏蝶

曲径回廊处，穿花绕蔓时。

几缘幽梦共蒌迷，自在随风弄影任西晖。

薄翅翻裙醉，修眉熨蕊姿。

劲翩狂态嗅香丝，凭他翠枯红减抱斜枝。

玉楼春·伤春

梅衰乍暖尤寒雨，谁问东湖胭几许。

一枝含露且无言，酒醒如何魂更苦。

闭门着意集春律，岂料江郎迟日暮。

黄昏装点皱云波，任尔东西南北去。

摸鱼儿·庚子惜春

问江风、尽收幽恨，无常鹃血烟碧。

繁华萧瑟梨花月，传恨少陵难对。

云密寄，误几度、凄风沥雨迟樱愧。

怎堪余悸，奈曲曲回肠，青青化缕，未了五州沸。

新冠冕，英相埋忧滞泥。

依稀难寐筹志，真情芍药恂消息，坐令兰衢空翠。

寻草迹，算只是、阳春有脚行天使，销寒除滓。

便牡靓金香，分阴获影，环宇共凉炽。

百字令·庚子清明

熄烟禁火，奈今年春事，独伤怀抱。

陌上销宁无辇马，唯有北南鹃叫。

时节堪悲，鬓丝堆素，谁与添温饱。

安排大白，略加寒食冷灶。

燕徙梅落离声，满城恻恻，彩练红球络。

自古人情非草木，风雨垂杨萦绕。

桂月行空，人间对影，一盏明前觉。

哪须经岁？碧云清澈如约。

卜算子

燕子楚天来，不必弹冠庆。
一片春愁待絮飞，蝶怨香无定。
云乱覆西东，回荡凄迷冷。
并损同根傲骨枝，唯月依然莹。

定风波

闭户寥萧梦旧容，魂销聊此惘然空。
幻染半生牵乱绪，思虑。萦怀怨语雁云中。
水带离声关月事？徒计。故常圆缺照芙蓉，
欲使片心随云去。无渡。奈何南浦鹧鸪浓。

青玉案·怀旧

潘花陶柳湖湾路。
镜门院，高台处，落日余晖归野鹜。
选清泉石，穷幽莺顾，斜照连枝木。

亭桥蔓草年年暮。
颓发如今理情愫。拼教新愁徒岁悟。
忽闻鹃破，阑珊几许，唯有灯依绿。

沁园春·庚子岁感事

小小环球，耀武花冠，坐令嚣尘。
叹梅花骨泣，郁金香冷，东瀛避汇，水镇休宾。
红隐风车，夕阳无语，万壑千河拾泪痕。
参差苦，奈长空怨气，落絮春根。

赖天万类同存，念鸥鹭忘机浮水滨。
对鹤翎骐骥，飞天跃甸，鲸文鲨齿，入海神魂。
一抹微菌，余威敛尽，忘却封姨无界垠。
谁分付，几番冷雨，拂破阴云。

醉太平

闲花落庭，鸣条绿坪。
冷压九十春行，更无人陌清。

高枝百灵，何欺雀丁。
料应云翼翛腾，寄千山一程。

伤春怨

拂袖春归去。撇下粘缠浓絮。
满地搅悲泠，忍把兰球惊怖。
密云催寒雨。不弃盟鸥顾。
绿水抱香村，定不负、清风露。

玉楼春

海棠过了柴门闭，绿树烟迷莺影侍。
清风动竹燕楼空，蔽野湿云人面北。
柳含余絮无簪碧，蜂觅折痕存笋荙。
独寻春草委湖边，唯有雨丝怜故地。

卜算子

星月坐三更，忽觉人稀碧。
尘劫花阴一世嗟，犬吠千山北。
梅鲜扫春情，樱泣因蹊泥。
谁止金飙独自行，日落风消靡。

卜算子·庚子初夏

四月众芳尘，才露荷钱小。
细雨凉风巷燕飞，缘引莺声悄。
初夏气清扬，湾翠渔灯跳。
夜市行人得月楼，愁绪和云扫。

柳梢青·怀旧

九十韶光。依稀丝绾，碧送馀芳。
谩记池边，杜鹃啼处，只剩残棠。
幽人独步回廊。一囊稿、搜宫换商。
百捌晨钟，九河沽水，难诉柔肠。

南乡子·过大悲院

雨歇路间韫。微步烟中不染巾。
青履拾途沙似响，频频。精舍钟声入白云。
莺趁柳藏身。松竹抽芽藕细听。
几度砌苔原屐印，香痕。唯有残阳恋旧轮。

小秦王·中山公园

小园青草醉颠狂，月季无拘堂而皇。

碧华不管画墙外，留取孤愁云映窗。

洞仙歌·国粹京剧

徽声汉调，就皮黄檀板。促柱移弦场通倩。

律宫商、唱念形打陶熏，辛岁月，流派纷呈集典。

旦锦吟细语，生俊高腔，三净忠奸谱花面。

剩有丑幽伶，窄袖轻靴，沽台柱、艺繁星灿。

懿雅趣贤德遍燕京，靓雪月风花，夕阳犹恋。

巫山一段云

菊瘦经年梦，孤楼缺月凉。

鹊言汗漫晓压窗，叵耐续柔肠。

浮幻牵离绪，秋千遗暗香。

拨云剪雾遍寻芳，蔓草碧茫茫。

又

柳舞莺歌婉，方塘荷泛舟。
朝云衔雨浥清秋。廊角淡光流。

引笛芙蓉簇，托琴司马求。
残霞无语燕归愁。独自畅观楼。

小秦王·咏燕三阕

社香清袅绿杨烟，紫玉雕梁觅旧轩。
乌衣巷口换游客，津卫寻常当故园。

暑薰炎炽掠肤残，冒雨差池相顾怜。
晓窗惊梦带风去，飞剪斜阳亲子安。

落黄荷露瘦花颜，绪婉呢喃起恨牵。
遗钗俊垒送南浦，尘锁楼空秋雨翻。

南歌子·咏大理蝴蝶

薄翅争搴艳，修眉采润酓。
几番歌舞绕芳坛。怎个庄周迷惑梦幽帘。

五朵金花恋，三般苦味甜。
窃香韩寿染春衫，谁料回廊照壁影留蓝。

画堂春·竹

风摇青玉袅梢枝，画廊烟色碧参差。
散云弦素念湘妃，贞抱相持。

盛暑清蝉斜月，影长碎地徘徊。
斓斑凝篁惹相思，筠叶无知。

采桑子

春寒染得岚秋色，蔽日蒙纱。
遥夜悲笳，深院阑干傍夕斜。

锦书一转衡阳雁，陶柳樱华。
鹤表云霞，月下红裙靓楚娃。

恋芳春·慢

还记韶华，彩舟摇碧，藻翻惊起鸳奔。
石翳芳容，柳密暗掩莺裙。
漫有桥阑倩影，怕搅碎、浣镜柔纹。
深向往、紫燕于飞，倚榭接叶怡神。

秋千索脂，旧亭展迹，全无觅处，一抹残云。
梦断园空，忽的蜕月霞根。
伫视无言忍泪，问安否、经岁寒温？
犹嘘叹、争是何时解痴，东海黄昏。

点绛唇·怀中纺

新月余辉，移神熟处寻痕迹。
雨霖铃寄，高柳无情碧。
一箭流光，水带离声逝。
凭谁赐，洛芳兰紫，燕雁衔书日。

调笑令

宁苑，宁苑。石静湖闲紫燕。
追思旧舫烟迷，尔今独忍梦凄。
凄梦，凄梦，终夜凝眸不定。

小秦王·柳

恨牵南北引垂魂，作絮游丝乱入门。
瘦腰楚客宿风雨，青眼东君分世人。

又，戏。

酒杯遮袖太平昭，帘底佳人绝代娇。
合拍板眼剩逢场，间坐眯眸摇脑瓢。

又，金海园海棠。

醉客含雪贵年年，小院高灯照锦颜。
尽知楚汉洒樱泪，红瘦骚人均不言。

又。

半开依旧最妖妍，不负余情两是看。
故人结梦秉红烛，花影怜惜伊暮年。

又，二可去武清姥姥家。

解城情野睦香田，弄影红妆胜碧莲。
两娃小院寂聊久，吹尽蒲英家不还。

醉花阴

二可于外公家欢愉，增进与土地之情感。
雏笋生香茄黛紫。窈窕娇桑梓。
汲水细潺声，屈蚓泥文，三籁清风味。

阿翁笑指畦西美，有二娃惊沸。
曳草拔笋苗，时掷蒲英，击壤乡情碧。

小秦王

白云津北宿檐重，月季频开百妒容。
老桐蜜意择苍臂，雏凤和鸣冲碧空。

探春慢

忆余己卯年八月中，离中纺去，与友难舍之情。
顾念依依，赋之。和白石。

树卷秋声，忍别雁背，垂杨难系归楫。
芳草连云，残阳画影，一步一回泪洒。
谁念离魂苦，入槐侧、梦萦忧结。
故园依旧鸣琴，但愁何处情话。

寄语莺啼变老，还独上燕楼，烟断平野。
月近窗棂，孤灯钟晓。自是乱思牵挂。
往事不堪望，暗记得、阑桥亭舍。
石凳斜辉，桃花流水春夜。

离亭燕·忆旧游

岱顶寒眠牵梦，红隐历山湖影。
幽赞手文情相表，漫引柳泉仙境。
月伴玉芙蓉，夜合溪根怡静。

缥缈追思游骋，魂绕几回清迥。
高柳不辞频索句，怅恍楼台依并。
白发绿相思，无语夕阳西暝。

小秦王

常收老友网报平安，感记之。

春去秋来蝶梦阑，华颠浩发酒肠宽。

神寻淡泊二三子，友系惘情一字安。

青玉案

庚子年仲夏。

梅黄雨意浓香酽。染津陌、嚣尘沐。夏令琴书闻布谷。

闭门愁绪，晓风残月，谱入弦归去。

梧桐日影南窗伫 。笑对兰童稚纯女，宇宙何清栖白鹭。

蜀风吹彻，满城飞叶，忘却涔涔苦。

解佩令

庚子年仲夏。

槐风蓊荟，团荷凝翠，碧侵园、花砖苔媚。

朗润清和，冒暑吟、乱蝉何事？搅怀思、镜空琴瑟。

幽花阵丽，凉飔乍起，梦无寻、阑珊灯炜。

两鬓银霜，算只有、湔愁紫笔，问东风、几番吹蕙。

好事近

庚子年五月十一，闻张明避暑蓟州黑峪神
秘谷，赋纪。

幽谷野云飞，峡隐石龙鳞碧。
村岭秘生秋意，瘦筇如邀匿。
奈津沽五月榴燃，常恨扇无力。
遗枕果园东寝，尽不知何夕。

浪淘沙

观老友网上发来家中盆养花卉盛开，感赋。

临牖数盆菁，绿意红情。
佛焰长寿状华莹，蝴蝶兰姿添淑雅，老眼昏瞢。
移镜对花凝，败叶残英。
皤然雪鬓赖无营，春瘦怎知诗亦瘦，借月湔冥。

醉花阴

庚子年初伏，喜看多多麦克风唱自学歌曲。

荷静含烟消暑燥。木有繁阴巧。
叶底话黄鹂，树下赊凉，檀扇摇诗拗。
忽闻紫玉歌梁俏。被白云欢笑。
原是独幽裁，童稚欣欣，万里丹山眺。

雪梅香

碎花影，窗前弄碧舞残妆。
作萧萧模样，梧桐露井星霜。
云阻层楼望不尽，苦情如絮乱人肠。
酒无劝，独自推门，盈院蟾光。

茫茫。想芳蕙，是梦唯痕，
拾得罗裳。惜念当年，苕池久坐裙香。
燕剪莺梭漫梳柳，细波平浪皱绵长。
槐根意，鬓老诗成，斜月荷塘。

渡江云

庚子年夏，南方洪泛。

无情云若兽，雨急裂堰，竟直泻湘吴。
浩奔浑楚户，水漫金山，欲把寺钟浮。
洪波射箭，触难阻、穿陌平湖。
黎舍空、或为鱼屋，夕下剩愁余。

嗟吁。年均沛落，岁溢涛升，念逃门伯禹，
还记得、李冰父子，何弃宏图。
垂天倚剑裁成节，一遗陕，重赠宁渠。
三给肃，江南塞北疏虞。

唐多令

末伏，雨临津门。

三伏满津楼，周旋炽日囚。

岁劫多、燕雁无游。

解雨敲檐啼杜宇，炎暑谢，爽风流。

推户觅高秋，静湖鱼有啾。

似唤余、安步休休。

近觉墨刊奚字小，些儿事，莫萦缪。

鹧鸪天

听李胜素唱"梨花颂"有感。

韵带梨花千古思，一声一诉道君痴。

谁怜牛织星河处，隐恨人人驿浦时。

霓裳曲，露浓迷。入泥肠断雨霖西。

槐牵难弃萦怀抱，空唤春风枉梦回。

浣溪沙

宇纳三才来去兮，烂柯樵梦海桑移，
春花秋月剩空悲。
细雨潜氤催野润，薰风解愠展眉怡。
网云无信鹭鸥西。

烛影摇红·中秋

暮雨生寒，寂夜阑，怨碧丝、愁牵绪。
一年光景暗无痕，情断尘笺路。
争奈凉飔乍聚，更三番、枯荷剪菊。
洞庭秋水，奥尔良湾。娥明寰宇。

醉花阴·伤秋

白雁遥天商已暮，几点残荷伫。
试问怎安排，月隐高楼，羞对南云顾。
秋风想见长桥赋，剩落榆孤鹭。
唯有碧尘波，枫叶含情，曲水凭来去。

浣溪沙·信步海河边

岸柳白云野菊荣，狮桥暗度碧鳞生，
影斜傍水动梧情。
竹杖宜然闲自语，胶轮偶尔窃渔声。
高楼入水倒看明。

青玉案·庚子之悲

樱花落尽无人处，五环色、惊垂暮。
更有三洋翻冽飔，冷烟寒月，
夕阳无语，飞下双鸥鹭。

津沽九月金飙怒，籁卷残英洗霜露。
素菊胸襟秋广熨，莫如裁半，
曲栏销虑，凝伫晴和雨。

浣溪沙·雪

凄厉颠花落木尘，翛然波上与鸥纷，
水横山坠不分神。
病叶寒枝旋复霰，冷云沉壁散为银，
无缘灯下作闲人。

临江仙·红叶

霜染晚枫然九秋，牧之坐爱车知。
御沟杳杳渥临池，殷勤碧谢，把袂日斜时。
无奈露凋声瑟瑟，更添寒色堆凄。
几番风雨带颜飞，笑怜桑海，渠自有来归。

醉花阴·至日

庭树萧条啼杜宇。残历销磨处，
一度瓦凝霜，又是云浓，夜久苍茫路。
倦翎绕木寒暄语，问梦惊何故？
虽冽夕阳红，尚有薰风，汀畔相呼鹭。

阮郎归·元旦（二首）

天寒孤月历双时，兼挟灾疬飞。
几番凌乱奈眠迟，蟾华知不知？
深夜夜，梦回回。觉来风劲凄。
独吟坐到晓星稀，子规帘外啼。

依然红日碧山巍，苍垠任月驰。
岁来年去恨由之，人情无可期。
花落木，雪离枝。旧人新世移。
夕阳只对唱渔回，浮云星欲稀。

御街行

寒潮一夜侵津浦，疾似箭、飙如虎。
参差颓柳冻缩鸦。凄寂河湾堤路，
渔竿丢影，寥疏门巷，渠本无情物。

茫茫病宇难深悟，梦扰碧、潸然绿。
相怜梅萼待风转，云腻低氤秦树。
封姨非弃，牵萦怀抱，三月听春雨。

烛影摇红

冽地寒浓，夜有声。月独清、空明惠。
冰魂檀骨奈何催，全教风梳碎。

寻梦江郎彩笔，坐鸡窗、窥云尽日。
赤桥颜落，数笛吹期，红笺愁寄。

齐天乐·蛙

冻凌销漱澌声细，池塘碧芽迟起。
雨水含滋，惊雷唤醒，吟首春虫魁立。
冥萌百蠰。遍江北江南，绿杨村沸。
乳燕巢喧，抱衾蓬荜报消息。

穿珠稻花蕴穗。锦衣吞鼓翼，都是秋事。
月下思琴，风余怀素，敛尽山牵别忆。
何期井底。更重制蚊蝇，恨经淋最。
草岸莎洲，岫云难蔽日。

曲·卷一

仙吕－一半儿

癸巳年元宵。

依楼凝柳觅琴音。

素女惭光照古今。

管鲍仙蛇磊落心，

漫思寻，一半儿温馨一半儿凛。

此曲系六十五岁那年作，孟繁荣师看后，第一次评价"有进步"

仙吕－一半儿

丁酉年。

（一）

原随稚幼荡秋千，闭户诗书开圣言。

女爱梨糖愚爱川。

乐乘肩，一半儿怡然一半儿演。

（二）

铿锵妙语诵头摇。话裂春冰清脆娇。

缜拟人文新嫩苗，

细心教，一半儿红轮一半儿皎。

双调－水仙子

渔阳独乐寺。

山寺独乐手花香，钟鼎三鸣心地良。
于天独乐琼楼怅，凡尘不逃烈阳，
落得哥独乐枯肠。唯有鸥追浪，
将同凤翼翔，引我慈航。

黄钟宫－醉花阴

九日。

无酒无菊废楼苑，尽夸天伦戏演。
满肢倦，任花颠。
赖恋情缘，谁念残衰弱蹇。

黄钟宫－人月圆

中秋。

一荷一水一明月。触目顾多些。
子亭亭倚，相携入海，浑半圆奢。
幺良人梦影，芳魂未舍。
愁满蓬车。那容轻卸。
相思无寄，凭望西斜。

仙吕宫 - 鹊踏枝

戊戌年九月廿三，探望宝生。

鹤邻秋，卧床头。一任教沉疴肌柔。
宝主神悠，踏健路为家护偶。
不枉多年磊锦带吴钩。

双调 - 大德歌

春

染柳欣，早花芬。好个东风放胆薰。
燕子泥融润。教俺筑屋双翼频。
任花拥苑景风催尽，便知足曾获蜜芳春。

夏

影隐波，索幽荷。几个逍遥月洗磨。
漾汝心中坐，却迎鱼戏挪。
折渠茎秆香天破。不由乱了我心窝。

秋

百木凋，陨丹飘。独享西风好个箫。
径满无人扫，黄花儿自香含露夭。
眼前幕景伤怀抱。强将陪笑泪鲛绡。

冬

雪隐声，巧书灯。香茶儿代酒倾。
尽管无人应，信追师少陵。
神昏月影闻心磬，弹奏韵儿听。

黄钟宫‐醉花阴

千山大佛。
莲顶灵岩化佛也。任尖风薄雾惹。
寝怀月，抱夕斜。
雁阵声喋，云绕松香谢。

南吕宫 - 四块玉

戊戌年初冬。

紫叶遥，笺愁赋。九津水不传书。
痛杀余不解芳君绪。
对冷窗，添漫语，嗟月吁。

双调 - 沉醉东风

大理。

远施粉苍山巧雪，近梳妆洱海描睫。
三通塔影凉，一泉蝴蝶热，
上关花腥关左风叠。
配个月儿雪楼晚照舍，引教得淹留不舍。

仙吕 - 一半儿

己亥年春节。

暖迎三始聚金园。
有脚阳春来吾轩，孙女啭歌身小旋。
醉稀年。一半儿粘糕一半儿膳。

黄钟宫 - 人月圆

己亥年元宵。

楼梢岚卷迎琼月。侧目盼多些。

争不见北窖洼少，神灯饰冶，乘象菩爷。

幺银花树火，香车碧泻。

林宇云斜，曲迷宵夜。

于阗销得三日，惊变娥嗟。

仙吕 - 一半儿

每岁十二个月花卉，因十、十一月，
木叶落，雪花出，此二月略过。

正月，水仙

剪波仙子玉窗纱，对饮琼蟾清影华。

琴室曲庭金盏斜。碧瑶簪，

一半儿融诗一半儿画。

二月，梅花

雪姿冰脂暗香生，免去妍俗疏影横。

三友谱中唯子璎。寒伴星，

一半儿松声一半儿磬。

三月，桃花

水流芳蕊送崔郎，粉面门前撷紫香。
争有笔书题野厢，怎双双。
一半儿痴云一半儿浪。

四月，牡丹

暖香新巧醉仙妆，紫叶金枝馨李唐。
醺酒醒来移洛阳，奈何妨，
一半儿长安一半儿巷。

五月，月季

绮红全载四时春，吐放非随千种芬。
寒暑不绝津府欣，月华君。
一半儿频吟一半儿韵。

六月，荷花

把池茎举玉青盘，雅淡集裳泥藕胖。
无染洗德弹皎冠，苦心般，
一半儿丝缠一半儿贯。

七月，百合

百罗仙子唤乡情，蜀道峨眉和省僧。
斑紫涌神寒暑平，毓华菁。
一半儿消疾一半儿钉。

八月，桂花

八月仙影觅难寻，只待天香临晓浸。
吴酒捧出娥婉琴，叹丹心，
一半儿孤凄一半儿喋。

九月，菊花

影摇金盏傲霜妆，拟素疏烟沾露浆。
陶令采华倾酒觞，任秋凉，
一半儿狂吟一半儿唱。

十二月，腊梅

胆瓶疏影袂横窗，几萼厅前额抹黄。
苞蕊绮含枝暖扬，待春光，
一半儿簪飞一半儿亮。

竹枝词

　　好友赵旭明先生，业余生活犹喜玉石雕刻，自学成才，作品数百件。以人物、鸟兽、花卉为主要内容，根据不同玉料的天然颜色和自然形状，精心设计，反复琢磨，俏色巧妙，便真态生香。我特选"万象更新""玫瑰""多子多福""西域老叟""松云图"……二十件作品照，刊入《金海楼诗词曲集》中，并赋二十首"竹枝词"分别配赏。

竹枝词

题赵旭明先生所篆刻玉
石作品廿首。

（一）智叟

延仝拧眉问老愚，
子持何据二山除。
蜀堂富僧却移步，
贫僧瓶钵载回渝。

（二）玫瑰

朵朵精神馨醉人，
参差浓淡蝶蜂巡。
有刺多愁伤暮雨，
深情一顾妾销魂。

（三）贵和谐

荷举田田蛙唤频，
菊留秋色两螯亲。
雨堕风欺难得寐，
卧听阡陌有琴陈。

（四）"茄子"

采采珍蔬菇黛茸，
一畦秋水紫瓜浓。
带月耕锄趁玉露，
夕阳拍摄现酡容。

（五）万象更新

版纳层林百锦溪，
蛮童靓女象同嬉。
傣家前日瘴湿苦，
选胜如今客恐迟。

（六）瓜

瓜瓜落地蒂含霜，
北绿南红各显长。
金谷人家谁挂齿，
寻常百姓解饥肠。

（七）深思

依壁凝神醒醉何，
百年辛苦梦烂柯。
不合时宜充满腑，
始知千虑仅些些。

（八）蟠桃

王母瑶池西驾行，
玉盘盈满碧仙菁。
此物何时人间有，
莫非大圣九天腾。

（九）多子多福

把件垂几亮众眸，
多多玉子傍春秋。
良工巧手风云赏，
福祉何须特意谋。

（十）鹤寿

两鹤殷勤不自飞，
烟汀白羽立斜晖。
水宿云翔舒劲骨，
松间引项竹枝词。

（十一）西域老叟

卷发披肩仪泰然，
胡杨不老玉和田。
一片冰心昆仑雪，
贞观依骆到长安。

（十二）梅花与石榴

案上梅花三五枝，
情牵带子石榴怡。
丹萼本无同月信，
凌寒耐暑两由之。

（十三）参

觉似如来卧寺堂，
圣洁无染妙心芳。
长白岭中放山吼，
杏林甘苦享春汤。

（十四）拜月

云淡无声悬翠盘，
玉人独伫忍襟寒。
三愿千亭安祉寿，
离魂伴月到阳关。

（十五）入静

达摩面壁坐修禅，
石洞安然膝静盘。
空山但闻树鸣鸟，
终归一念定云天。

（十六）山鸡图

舞镜山鸡不可寻，
瓜田李下惹闲音。
朱冠斑尾勇神气，
光彩飒姿去高林。

（十七）知竹有鱼

锦竹亭亭出翠微，
上攀知了绿鸣枝。
尚有游鱼连戏尾，
翛然淡淡小潺溪。

（十八）松云图

烟腻岩间娥隐裙，
针枝点翠碧崖痕。
彩笔江淹搜丽句，
松云喜伴读书人。

（十九）松鹤山径

仿佛仙禽晓磬声，
振衣携子入松屏。
山湾小路穷幽处，
获取虬翎长寿名。

（二十）升龙

丹凤赤龙犹恋宫，
乘云行雨隐苍穹。
九子人间皆有位，
深渊冷壁泪丁东。